U0924901

Yilin Classics

J.W.GOETHE

经/典/译/林

Die Leiden des jungen Werther

少年维特的烦恼

[德国] 歌德 著

韩耀成 译

译林出版社

图书在版编目（CIP）数据

少年维特的烦恼／（德）歌德著；韩耀成译. — 南京：译林出版社，2022.1（2024.1 重印）
（经典译林）
ISBN 978-7-5447-7750-6

Ⅰ. ①少… Ⅱ. ①歌… ②韩… Ⅲ. ①书信体小说－德国－近代 Ⅳ. ① I516.44

中国版本图书馆 CIP 数据核字（2019）第 075418 号

少年维特的烦恼 ［德国］歌德 ／ 著 韩耀成 ／ 译

责任编辑 冯一兵 韩继坤
装帧设计 黄 晨
校 对 孙玉兰
责任印制 颜 亮

原文出版 dtv weltliteratur, 1978
出版发行 译林出版社
地 址 南京市湖南路 1 号 A 楼
邮 箱 yilin@yilin.com
网 址 www.yilin.com
市场热线 025-86633278
排 版 南京展望文化发展有限公司
印 刷 江苏凤凰盐城印刷有限公司
开 本 880 毫米 × 1230 毫米 1/32
印 张 5.125
插 页 4
版 次 2022年1月第1版
印 次 2024年1月第3次印刷
书 号 ISBN 978-7-5447-7750-6
定 价 28.00元

CONTENTS · 目录

译序

维特:“反叛的受难者”

1774 年莱比锡秋季博览会开幕时,《少年维特的烦恼》(以下简称《维特》)面世了,它像一块巨石扔进当时一潭死水似的沉寂的社会,激起层层波澜。一代人的心翻腾了,千千万万人的心里燃起炽烈的热情,整个德国都为这位才智横溢、愤世嫉俗的小说主人公——维特的悲剧命运流着同情的泪水。一时间,身穿蓝燕尾服、黄背心,脚蹬长统靴的“维特装”成了当时青年男子的时尚,年轻女子则爱上了绿蒂的服式,尤其是她与维特初次见面时的服式:白上衣,袖口和胸襟上系着粉红色的蝴蝶结。在许多花园里,浪漫的人们为维特竖立了小纪念碑,攀缘植物盘绕在维特式的骨灰瓮上,社会上甚至出现了维特式的自杀。许多人,尤其是妇女,对小说中美妙的爱情描写大为赞叹,更多的人则满怀希望地看到,阴霾即将被驱散,太阳就要升起。也有些人忧心忡忡,认为这种狂热的激情将导致道德沦丧,因而怒不可遏,对《维特》大加挞伐,可是他们未能遏制《维特》的影响。“维特热”席卷整个德国,并越过国界蔓延到欧洲,乃至遥远的东方古国——中国。《维特》的作者约翰·沃尔夫冈·歌德的名字也家喻户晓,这本书奠定了他一生的殊荣,甚至在他写出巨著《浮士德》,成了文学领域里“真正的奥林匹斯山上的宙斯”①后,人们还称他为《维特》的作者。

---

① 恩格斯:《路德维希·费尔巴哈和德国古典哲学的终结》,见《马克思恩格斯全集》,第 21 卷,第 310 页。

一、诗与真

书信体小说《维特》既是青年歌德所处时代和社会的产儿，也是作家青年时代生活的结晶。歌德善于把那些使他“喜欢或懊恼”或使他“心动的事情转化为形象，转化为诗”，从而纠正自己对外界事物的观念，清算自己的过去，使内心得到宁静。维特的命运同歌德的生活有许多相似之处，歌德把他的许多经历化成了诗，但小说并不是作者的自传，歌德曾声称，他所有的作品“只是巨篇自白中的片断”①。我们了解了这个“片断”，了解了《维特》中融进的歌德自己的那些经历，对于理解这部小说的构思、产生，认识作品的基本倾向和内涵是大有裨益的。

约翰·沃尔夫冈·歌德(1749—1832)生于美因河畔法兰克福一个富裕的市民家庭。1765年歌德到莱比锡大学学习法律，三年后因病辍学。1770年4月到斯特拉斯堡继续他的学业。这座城市哥特式大教堂完美的建筑艺术给他的心灵以震撼，城郊美丽的风景令他陶醉。与赫尔德的结识对歌德有着极为重要的影响，赫尔德激发了歌德对民歌，对荷马、品达、莪相及哥德斯密斯等诗人与作家的兴趣，尤其是点燃了他对莎士比亚的热情，赫尔德体现狂飙精神的美学见解也对歌德产生了深刻的影响。歌德与塞森海姆乡村牧师布里昂的女儿弗丽德莉克的爱情，激发他写出了《欢迎与离别》《五月之歌》《野地上的小玫瑰》等脍炙人口的名篇。他与斯特拉斯堡法国舞蹈教师的两个女儿卢琴黛(《维特》中易名为莱奥诺蕾)及其妹妹埃米莉娅的感情纠葛，又在诗人心中留下一片涟漪。姐姐倾心于歌德，而诗人却更钟情于已经订了婚的妹妹，因而引起姐姐对妹妹的醋意。歌德在《维特》开篇第一封信里，就把这段恋情化作了“诗”，半是辩解、半是自责地记述道：

---

① 参见《歌德自传——诗与真》，刘思慕译，人民文学出版社，1983年，第287页。译文略有改动。

命运偏偏安排我卷入一些感情纠葛之中，不正是为了使我这颗心惶惶不可终日吗？可怜的莱奥诺蕾！可是这并不是我的过错呀。她妹妹独特的魅力令我赏心惬意，而她那可怜的心儿却对我萌生了恋情，这能怨我吗？不过，我就毫无责任吗？难道我没有培育她的感情？

1771年歌德获法学博士学位，回到故乡，被聘为法兰克福陪审法庭的律师。翌年他参加了达姆施塔特的一个感伤主义的文学社团，其成员常常一起聚会。《维特》中所流露的感伤情绪，正是当时社会思潮的真实写照。1772年5月，歌德按照父亲的意愿到韦茨拉尔的帝国高等法院实习。当时德国各邦国都在这里设有公使馆，歌德结交了一批公使馆的年轻官员，如凯斯特纳、耶鲁撒冷等。他还常到风景秀丽的城郊村庄加本海姆(《维特》中改为瓦尔海姆)去漫游。一次歌德去参加乡村舞会，认识了韦茨拉尔德意志骑士团的法官布甫的女儿夏绿蒂，并对这位风姿绰约、纯朴端庄的姑娘一见钟情。但是她已同凯斯特纳订了婚。关于歌德同绿蒂的相识，凯斯特纳的遗稿中有一封致友人书信的底稿，给我们留下了详细记载：

1772年6月9日，歌德碰巧参加一个乡村舞会，我的未婚妻和我也去参加了。我因有事，是后来才去的，所以我的未婚妻就和其他同伴一起坐马车先去。歌德博士也在车上，他是在车上才同绿蒂相识的……他并不知道，她已订婚……那天他很开心——他有时如此，有时则很忧郁——，绿蒂完全占据了他的心，尤其是因为她自己毫没在意，完全沉浸于欢乐之中。不消说，歌德第二天就去看望绿蒂，问她参加了舞会身体怎么样。昨天他已经知道，她是位乐天的姑娘，爱跳舞，爱玩纯真的游戏，现在他又了解了她更擅长的另一面——料理家务的本领……①

---

① 1772年凯斯特纳致友人奥古斯特·冯·亨宁的信，引自汉堡版《歌德文集》，第6卷，第515—516页。

《维特》中描写维特与绿蒂一起坐马车去参加乡村舞会的情节,与凯斯特纳信中所述大致吻合,并非完全虚构,只不过歌德把生活化成小说的时候,在细节上作了稍许改动,如小说中维特是到绿蒂家的猎庄上去接她的,绿蒂的未婚夫阿尔贝特出差在外,未参加这次舞会等等。这一时期凯斯特纳的日记和书信中对歌德的情况有着极为详细的记载,是研究《维特》和《维特》时期歌德的宝贵的第一手资料。不久,绿蒂就告诉歌德,他们之间的关系不可能越出友谊的范围。她对歌德的态度恰如其分,不让歌德对她萌生非分之想。

为了摆脱无望爱情的痛苦,歌德于9月11日不辞而别,返回法兰克福。凯斯特纳9月10日的日记让我们了解到歌德临行前一天的真实情况:

> 歌德在花园里同我共进午餐。我不知道这是最后一次……晚上歌德来德意志馆(绿蒂的家,在《维特》中歌德把绿蒂的家改成了"猎庄"——笔者)。他、绿蒂和我作了一次很奇特的谈话,谈生命结束以后的情况,谈到去世和重逢等等,这个话题不是他,而是绿蒂提起的。我们互相约定,我们中谁先死,如果可能,他就应把那边的生活情况告诉活着的人。歌德的情绪十分沮丧,因为他知道,明天一早他就要走了。①

《维特》中维特也怀着酸楚、凄凉和忧伤的心情在信中写了离别前的那次类似的谈话。

归途中,歌德顺道到女作家索菲·冯·拉洛歇伯爵夫人在埃伦布赖特施泰因的乡村别墅小住。伯爵夫人的女儿玛克西米莉安娜又使他萌生了新的情愫。这位姑娘的一双乌黑的眸子一直深深地印在诗人心里,直到他生命的晚年。

---

① 凯斯特纳1772年9月10日的日记,引自汉堡版《歌德文集》,第6卷,第515页。

回到法兰克福以后，旧情未了，一连串新的刺激又灼伤了诗人的心：他亲爱的妹妹出嫁了，随丈夫去了巴登的埃门丁根；玛克西米莉安娜成了富商彼得·勃伦塔诺的妻子；绿蒂和凯斯特纳的婚礼也没有如约通知歌德；韦茨拉尔公使馆的秘书卡尔·威廉·耶鲁撒冷因单恋友人之妻而自杀的噩耗更让他心碎，也使他"找到了《维特》的情节"①。歌德自己记述了他构思和创作《维特》时的内部和外部氛围：

在内心方面，我想摆脱一切陌生的倾向和思想，对外界则以爱的态度来观察一切事物，自人类以至可以理解的下级的东西，任其各显神通。由此便发生与自然界的各个对象的不可思议的亲密关系与自然全体的默契和共鸣，因此外界每发生一种变动，无论是住所地方的迁换，时日季节的流转，或任何一种的推移，都触动到我心灵的最深处。诗人的眼更添上画家的眼，美丽的乡村风景，又有宜人的小河点缀其间，加深了我的独处之癖，使我更得以冷静地从各方面玩味和考察我周围的事物。②

生活的体验和创作冲动都有了，一切条件皆已具备，现在歌德要通过文字来倾吐自己的痛苦和感受，宣泄对让人窒息的社会的愤懑：

与友人的妻子不幸的恋爱而导致的耶鲁撒冷之死，把我突然从梦中撼醒。我不只静观冥想，我与他共同的遭遇是什么，而且把现在恰好碰到的使我热情沸腾、焦灼不安的同样的事加以观察，因此，我禁不住把正要动笔来写的作品灌上炽烈的热情，以至于诗的情景与实际的情景的差别丝毫不能分辨出来。③

---

① 《歌德自传——诗与真》，第621页。

② 同上，第571页。

③ 同上，第623页。

于是，歌德闭门谢客，集中精力，奋笔疾书，不用写作提纲，只用四个星期的时间，《维特》就一气呵成。

确如歌德所说，《维特》中的许多情节真假难辨，这样的例子随处都是，如同小说中一样，夏绿蒂在母亲去世后也担负起操持家务和照看弟妹的任务；歌德二十三岁生日（1772 年 8 月 28 日）那天，夏绿蒂和凯斯特纳送给他的礼物正是粉红色的蝴蝶结和荷马诗集，只是小说中把时间改成 1771 年；同小说中的情节相似，歌德在加本海姆确实认识一个长得标致的女人，并常常接济她的三个孩子；耶鲁撒冷自杀前也是假托外出旅行，让仆人向凯斯特纳借的手枪，如同小说中维特遣仆人向阿尔贝特借枪一样……歌德自己、夏绿蒂、凯斯特纳、耶鲁撒冷、玛克西米莉安娜等人都是小说中人物的原型，只是有时稍作改动而已，如以蓝眼睛的夏绿蒂为原型塑造出来的绿蒂换上了玛克西米莉安娜的乌黑的眸子，以玛克西米莉安娜为原型刻画的冯·B 小姐则换成了夏绿蒂的蓝眼睛。对于歌德把现实化为诗这一点，凯斯特纳也看得很清楚：

> 在《维特》的上篇，维特就是歌德自己。在绿蒂和阿尔贝特身上，他借用了我们——我妻子和我的一些特点，但是作了一些改动；另外一些人物至少对我们来说是陌生的。为了下篇，为了给维特的死作铺垫，他在上篇中虚构了一些东西加了进去，比如说绿蒂既没有同歌德，也没有同任何人有过像小说里所描写的那种相当亲密的关系。由于许多次要情景太逼真、太熟悉了，人家必然会往我们身上去想，为此我们对他很恼火……此外，在维特身上有歌德自己的许多性格和思维方式。绿蒂的肖像总体上是我妻子的形象。阿尔贝特要是写得稍微热情一点就好了……下篇跟我们毫不相干。那里的维特是青年耶鲁撒冷，阿尔贝特是普法尔茨公使馆的秘书，绿蒂是这位秘书的夫人……小说中的人物对这三个人来说绝大部分是虚构的……耶鲁撒冷确实给我写过那张小说中提到的便条，出于礼貌，我未加考虑就把手枪借给了他……关于

耶鲁撒冷的故事我觉得很奇怪，所以就尽可能加以详细了解，并设法记了下来，寄给了法兰克福的歌德；后来歌德在《维特》中用了这份材料，并随心所欲地加了些东西进去……歌德这样做绝非出于恶意；他对同我夫人和我的关系非常珍视……①

由此可见，歌德在塑造《维特》中的人物形象时，并没有照搬自己的生活经历，而是采取了典型化的手法，真真假假，虚虚实实，让人觉得"诗"也是"真"，"真"也是"诗"。这正是歌德的高明之处，他深谙艺术创作之道。生活的素材一旦演绎成小说，就包容了作者的社会理想和审美情趣，并赋予了它时代的精神，作品也就比生活更高了。因此，《维特》不是歌德的自传，维特不等于歌德，也不等于歌德加耶鲁撒冷。维特、绿蒂等人物形象已经成为文学画廊中不朽的肖像了。

二、《维特》：时代的产儿

歌德生活的时代，在德国历史上是一个命运多舛的时代。《维特》产生于法国大革命之前，当时欧洲的社会、文化、思想正面临着伟大的历史转折，封建社会的彻底崩溃已是无可挽回，资本主义时代正在微露晨曦。人们心情骚动，思潮翻腾。梅林曾用诗一般的语言描述了那时的情景："世界历史的黎明时吹来的一阵清新晨风似乎把人们从沉睡的滞重束缚中唤醒；大家迎着崭新的太阳纵声欢呼，这太阳射出的最初的霞光开始染红了历史的地平线。"②但是德国的状况却与此形成了鲜明的对照，这个号称德意志民族的神圣罗马帝国只是虚有其名而已，国内仍是四分五裂，封建割据造成邦国林立，战乱连绵不断，农业、手工业、商业极端凋敝，社会十分鄙陋，封建势力

---

① 1774年11月7日凯斯特纳致友人奥古斯特·冯·亨宁的信，引自汉堡版《歌德文集》，第6卷，第533页。

② 《梅林论文学》，张玉书、韩耀成、高中甫译，人民文学出版社，1982年，第53页。

根深蒂固,人民在苦难中呻吟。对于当时德国的现状,恩格斯作了极其精辟的论述:

> 这是一堆正在腐朽和解体的讨厌的东西。没有一个人感到舒服。国内的手工业、商业、工业和农业极端凋敝。农民、手工业者和企业主遭受双重的苦难——政府的搜刮,商业的不景气。贵族和王公都感到,尽管他们榨尽了臣民的膏血,他们的收入还是弥补不了他们日益庞大的支出。一切都很糟糕,不满情绪笼罩了全国。没有教育,没有影响群众意识的工具,没有出版自由,没有社会舆论,甚至连比较大宗的对外贸易也没有——除卑鄙和自私就什么也没有;一种卑鄙的、奴颜婢膝的、可怜的商人习气渗透了全体人民。一切都烂透了,动摇了,眼看就要坍塌了,简直没有一线好转的希望,因为这个民族连清除已经死亡了的制度的腐烂尸骸的力量都没有。①

当时,德国市民阶级的经济实力虽有增长,但政治上却十分软弱,仍然处于对封建贵族的依附地位。我们知道,歌德的父亲卡斯帕尔·歌德为了改善自己的社会地位,虽然花钱买了一个皇家顾问的头衔,但也没有能从根本上改善其社会地位。对此歌德是有深切体会的。德国资产阶级没有毅力,也没有勇气和人民团结起来,"像英国资产阶级从1640年到1688年部分地完成的那样",相反,德国的资产者处在德国"这个粪堆中却很舒服,因为他们本身就是粪,周围的粪使他们感到温暖。"②

但是,恩格斯在德国文学中看到了"美好的未来"。他说,"这个时代的政治和社会方面是可耻的,但是,在德国文学方面却是伟大的","这个时代

① 恩格斯:《德国状况》,见《马克思恩格斯论艺术》,第2卷,中国社会科学出版社,1983年,第253页。

② 同上。

的每一部杰作都渗透了反抗当时整个德国社会的叛逆精神”。① 恩格斯在文学中看到的“美好的未来”,主要表现在当时兴起的“狂飙突进”运动的作品中。

1770年赫尔德与歌德在斯特拉斯堡的会见标志着狂飙突进运动的开始,这个运动大体上于1785年结束。当时,在启蒙运动熏陶下成长起来的一代年轻作家,对身心所受的压迫深为不满,但是政治上他们又无力改变丑恶的社会现状,于是他们就只能通过文学作品去呐喊,以表达他们的心声。这些市民阶层的年轻知识分子在英国作家扬格、理查逊、哥德斯密斯等,以及在《莪相集》,特别是在莎士比亚作品和启蒙运动思想家卢梭的影响下,抨击现存的社会秩序,批判封建专制制度和反动的教会思想体系,要求个性解放和感情自由。他们崇尚自然,标举天才,高扬民族意识;在美学上,他们拒绝古典主义压抑“自由心灵”的艺术规范,要求摆脱理性主义的精神桎梏,主张扬弃帝王和贵族的题材,塑造市民阶层及其知识分子的叛逆形象。歌德把狂飙精神概括为“要求独立的精神”②。狂飙突进运动带有后来浪漫主义的一些特点,所以这一时期也被称为“前浪漫主义时期”。关于狂飙突进运动和启蒙运动的关系,尽管学界意见不尽一致,但从狂飙突进运动所主张的和要扬弃的内容来看,可以说既是启蒙运动的继承和发展,又是对启蒙运动的反拨。

狂飙突进运动的理论家和精神领袖是赫尔德,在创作上的代表是歌德。早在18世纪60年代,赫尔德的《论现代文学片断》(1767—1768)等一系列论著以及对于民间文学的发掘和研究就为这场运动做了思想准备。歌德“向一个叛逆者表示哀悼和尊敬”③的《铁手骑士葛兹·冯·贝利欣根》

---

① 恩格斯:《德国状况》,见《马克思恩格斯论艺术》,第2卷,中国社会科学出版社,1983年,第253—254页。

② 《歌德自传——诗与真》,第563页。

③ 恩格斯:《德国状况》,见《马克思恩格斯论艺术》,第2卷,中国社会科学出版社,1983年,第254页。

(1773)、席勒“歌颂一个向社会公开宣战的豪侠的青年”①的《强盗》(1781)和“德国第一部有政治倾向的戏剧”②《阴谋与爱情》(1784)是这场运动的戏剧代表;诗歌方面,以青年歌德的抒情诗,尤其是以他的《普罗米修斯》(1774)为代表;而小说《少年维特的烦恼》则以浓郁的诗意和强烈的激情宣泄了维特的痛苦、憧憬和绝望,喊出了一代青年要求摆脱封建束缚、建立合乎自然的社会秩序和平等的人际关系、实现人生价值的心声,进而成为狂飙突进运动最丰硕的成果。小说体现着狂飙突进运动的一切思想和精神以及艺术上的种种特点,是那个时代的产儿,所以恩格斯赞誉“歌德写成了《维特》,是建立了一个最伟大的批判的功绩”③。

三、维特:“反叛的受难者”

《维特》何以有那么大的魅力?对此勃兰克斯作了深刻的论述:

> 《维特》是本什么作品呢?下任何定义都不能确切说出这本富有想象力的杰作无限丰富的内容;但是我们可以简要地说,这篇描写炽热而不幸的爱情的故事,其重要意义在于,它表现的不仅是一个人孤立的感情和痛苦,而是整个时代的感情、憧憬和痛苦。主人公是出身市民阶级的青年人,他在艺术上有天赋,为消遣而画画,职业是公使馆的秘书。歌德不由自主地使这个青年具有他年轻时期的看法、感情和想法,赋予他以他自己的全部丰富卓越的才智。这就把维特变成了一个伟大的象

---

① 恩格斯:《德国状况》,见《马克思恩格斯论艺术》,第2卷,中国社会科学出版社,1983年,第254页。

② 恩格斯:《致敏·考茨基,1885年11月26日》,见《马克思恩格斯论艺术》,第1卷,第5页。

③ 恩格斯:《诗歌和散文中的德国社会主义》,见《马克思恩格斯论艺术》,第2卷,中国社会科学出版社,1983年,第274页。

征性人物；他不仅代表了时代精神，而且代表了新时代的才智。他的宏富伟大的程度几乎和他的命运不相称。①

勃兰兑斯的论述给了我们一把钥匙，可以用来开启维特心灵的大门，体会他的感情世界，洞察他悲剧性结局的必然性，认识这个形象内涵的丰富性和深刻性。那么，导致维特悲剧的原因是什么呢？

维特的悲剧源于内、外两个方面。

悲剧的内部原因，是由于维特爱情上的失败导致了内心无法解脱的矛盾和冲突以及他感伤、厌世的情绪。初识绿蒂，维特的心就整个被她"俘获"了，他爱她爱得刻骨铭心，恋情像凶猛的山洪，一发而不可收。绿蒂已同阿尔贝特订婚，这是他一开始就知道的，但起初的一个多月阿尔贝特去外地未归，维特天天和绿蒂厮守在一起，度过了一段美好时光，虽然他有时想起或绿蒂谈到阿尔贝特的时候，他的心头就会染上一抹阴影，随后他连续遭受三次沉重的打击，内心的矛盾使他产生了绝望情绪。

阿尔贝特从外地返回是维特所受的第一次打击。阿尔贝特一回来，维特就从幻想中回到了现实，感到他的快乐已经过去，对绿蒂已"不抱什么奢望"，他要走了（1771 年 7 月 30 日信）。紧接着，他和阿尔贝特进行了一场关于自杀问题的争论。经过这次正面冲突，维特的情绪日益阴郁，他不得不走了。绿蒂和阿尔贝特的结婚对维特又是一次沉重的打击。得知这个消息时，维特心里很不是滋味，看来他仅存的一丝希望已经成了泡影，他想到"阿尔贝特搂住她的纤腰"时，"全身就会战栗不已"（1772 年 6 月 29 日信）。维特辞掉公职，再次来到绿蒂身边时，绿蒂成了阿尔贝特的妻子这个事实已经无法改变，他作为第三者的处境极为尴尬。对阿尔贝特来说，绿蒂是他"珍贵的财富"，他不愿同别人分享，"哪怕只是一瞬间，哪怕是以最最纯洁无邪的方式"，这是理所当然的；绿蒂在感情上、精神上依恋着维特，但是作

① 勃兰兑斯：《十九世纪文学主流》，第一分册，人民文学出版社，1980 年，第 22—23 页。

为一位“贤妻良母”型的女子，她爱自己的丈夫，不愿、也没有决心和勇气以牺牲自己的婚姻为代价，投进维特的怀抱。维特的希望越是不能实现，他的追求也越加执拗、强烈，他内心的矛盾无法解脱，因此他常常想到死，把死看作自己“最后的出路和希望”。处在两难境地的绿蒂，最后下决心与维特疏远，要维特放弃对她的爱恋，并离开她出去旅行。在圣诞夜前夕，他与绿蒂一起诵读莪相，激情冲破了道德的规范，两人紧紧搂抱在一起。绿蒂从神志昏乱中恢复过来后，“心里又怕又乱，又爱又怒”：“这是最后一次！维特！您不要再见我了！”绿蒂的这句话对维特的打击是致命的，无异于一把匕首刺进了他的心脏。维特再也无力承受了，于是在圣诞夜给绿蒂写完绝笔信，就于午夜十二点开枪结束了自己的生命。

另外，维特多愁善感的性格，是造成他悲惨结局的另一内在原因。他的感情过于纤细，性格过于脆弱，是个对月长叹、对花落泪的多愁善感的青年，似乎患了一种忧郁症，刚到他的“隐居地”，他就发出了“人生如梦”的感叹。我们知道，感伤主义是18世纪50至70年代的时代潮流，是当时流行的“时代病”。那时，年轻人争取自由的精神日益发扬，他们不能容忍受支配、受束缚的状况，但是面对封建势力极其强大的社会现实，他们行动上又无能为力，他们感情细腻，带有一点病态，“把人生当作是可厌恶的负担”①，以此来作为对社会的抨击和反抗。德国青年这种“时代病”的外来诱因，是外国文学。歌德曾谈到莎士比亚笔下忧郁的丹麦王子哈姆雷特及其独白使德国青年为之着魔②，盛行于18世纪中叶的欧洲感伤主义文学，如斯特恩的《感伤的旅行》、扬格忧郁、哀怨的《夜思》、格雷调子低沉的《墓园哀歌》、哥德斯密斯的《威克菲尔德牧师》，以及麦克菲森仿作的、假托是莪相的诗歌等，对德国青年的厌世情绪更是起到了推波助澜的作用。读者一认识我们这位朋友维特，就感觉到他强烈的感伤主义情调，他一味强调心灵感受，对人生厌倦，

---

① 《歌德自传——诗与真》，第13卷，第613页。

② 请参阅《歌德自传——诗与真》，第13卷，第617页。

因而寄情于山水,他对月亮、大自然和音乐有着极其敏锐的反应,四季景物随他心境的变化而变换。他第二次来到绿蒂身边时,悲怆情绪已经很浓,周围的景物也和他的心情一样,已是“一派萧飒秋意”,他只有在莪相诗歌中才能排遣他的烦恼和悲伤,所以维特说:“莪相已把我心中的荷马挤走了。”莪相诗歌中那无穷无际的旷野、劲风吹动的荒草、长满青苔的墓碑、空中飘浮着的阵亡英雄和凋谢的少女的亡灵——这一切使小说男女主人公的心灵受到强烈震撼。处在这样的社会环境和文学氛围中,人们“为自己的不满足的热情所苦,而外界又绝没有刺激”来使他们“作有意义的活动,在沉闷无聊的日常生活中拖下去是未来的唯一的出路”,于是人们便“满怀愤慨,不顾一切,以为人生既然不能再拖下去……脱离尘世,倒为得计”①。

维特悲剧的外部原因是封建专制制度的束缚。维特曾想通过事业上的发展来摆脱爱情的失望所造成的心灵创伤。他走出绿蒂周围的小世界,投身到社会这个大世界之中。他到公使馆供职,以一展自己的聪明才智。但是当时德国社会十分鄙陋,那些拘泥刻板的人处处因循守旧、虚文俗礼,公使对标新立异的维特很是反感,周围的那些庸人个个精神贫乏,空虚无聊,虚伪奸佞,尔虞我诈,一心追逐等级地位。社会上等级观念根深蒂固,连冯·B小姐的姑妈,这位“除了仰仗门第的隆荫”之外,一贫如洗的老妪,也对维特这位市民阶级的知识分子极为鄙视;有一次维特无意中出现在贵族沙龙上,惹起一场风波,那些“高贵的”贵族先生和夫人宁肯退场,也不愿同他这个地位低下的人一起参加晚会。受尽屈辱的维特非常愤怒,真想在自己胸口捅上一刀,“好透一透憋在心里的闷气”。由于在社会上四处碰壁、事业上的失败,维特对前途不再抱任何希望,而是完全任凭自己的感情,又回到了绿蒂身边,更深地卷入三角恋爱的纠葛之中而不能自拔。可以设想,如果有一个适合维特发展的社会环境,他完全有可能干出一番事业,从而摆脱对绿蒂的苦恋,等到与现在迥乎不同的结局。可是,德国社会容纳不下维特这

① 《歌德自传——诗与真》,第13卷,第618页。

个天才,鄙陋的封建制度把他推向了毁灭的深渊。普罗米修斯被钉上了德国苦难的十字架,歌德自己则克服了失恋的痛苦和自杀的念头,“把使他不安、使他痛苦的一切,以及时代的骚动情绪所包含的病态和畸形的东西,全部倾泄在他创造出来的人物身上”,“揭开了沉睡在当代的深深激动着的心灵里的一切秘密”。①维特这个形象的丰富性和深刻性,就在于他蕴含了18世纪下半叶德国社会的阶级内容和时代思潮,维特身上带着德国资产阶级软弱无力的深深的印记,这使他成了“反叛的受难者”②。

有人说,维特对绿蒂的爱恋是“单恋”,“单相思”。果真如此吗?还是让我们来看看小说里的描写。

维特爱绿蒂,因为她是自然、纯朴和美的化身,而且两人的心是相通的,在精神上、感情上他们有着许多共同的东西,绿蒂对当时一些文学作品的看法,她对英国感伤主义小说的喜爱,都同维特一致。德国诗人克洛普施托克以庄严、明快的语言歌颂大自然的诗篇《春的庆典》沟通了两人的心灵,她把手放在维特的手上,维特则“眼含喜悦的泪水吻着它”。维特感觉到,绿蒂对他的命运是关心的,是爱他的(1771年7月13日信)。绿蒂这一方也并不全是被动,时有主动的爱意的表露:她说话时有时把手搁在他的手上;她还允许维特伏在她的手上痛哭;她噘着嘴给金丝雀喂食,然后把小鸟递给维特,让啄过她的芳唇的喙子也去亲亲他;她有时凝视着维特的目光,接受他“下意识流露的感情时”“喜形于色”;后来她下决心要与维特疏远,也是“为形势所迫”。她说:“事到如今,为了我的安宁,我求您,不能,不能再这样下去了。”读了莪相诗歌,她一反善于克制的常态,和维特紧紧搂抱在一起……可见,维特对绿蒂的爱绝非自作多情,是得到绿蒂的回应的,至少在感情上是这样。这部小说是维特在倾诉自己的烦恼和痛苦,如果绿蒂也写一部书信体小说,吐露自己心曲的话,那她对维特的爱一定也是十分炽热的,她内心的矛盾和痛苦也是不轻

① 《梅林论文学》,第54—55页。

② 普希金语,转引自《歌德》(苏联大百科全书选译),人民出版社,1954年,第4页。

的。我们再举一例来加以印证：有次绿蒂独自在家默默思忖，把丈夫和维特两人做了比较：丈夫稳重、可靠、深爱着她，是她和她的弟妹们的依靠，跟着他，她就可以营造自己一生的幸福；维特呢？他非常可贵，从相识的一刻起，他俩就“志同道合，意气相投”，她“无论感觉到、想到什么有意思的事，都习惯于同他分享”，他如离去，“将在她心上撕开一个无法重新填补的裂口”。一个是她生活上的依靠，一个能给她感情上和精神上的慰藉。这种两难选择真够她为难的。人的感情是微妙的、复杂的，一个女子与一男子结合，感情上又依恋另一个男子，这在生活中并不罕见。绿蒂没有离开自己的丈夫同维特结合，并不说明她不爱维特。“愿天下有情人皆成眷属”，这只是一种良好的愿望，事实上两个情投意合、两心相印的男女，由于种种原因不能结合而抱憾终生，这样的例子无论是在古今中外的文学作品中或是现实生活中，都并不罕见。因此，说维特是“单恋”或“单相思”，这种论点恐怕站不住脚。

四、自然·天才

维特时代，“自然”是一个热门话题。早在18世纪中叶，卢梭目睹私有制产生以来，人类创造的物质财富和精神文明压抑了人的发展，人的贪婪和欲望使人逐渐背离了自然、质朴和美好的本性。卢梭认为，人类最美好的状态是“自然状态”，因此他强调人必须“顺乎自然”，呼吁“返回自然”。他在小说《爱弥尔》中把主人公置于大自然之中，让他在劳动和实践中增长才干，努力将他培养成具有自由、平等、博爱思想，具有民主意识的新人。德国狂飙突进运动的作家接过卢梭“返回自然”的口号，提倡投入自然的怀抱，反对违反自然的东西，向往合乎自然的社会制度。

维特对自然有着特殊的敏感，他的人生体验和大自然互相交织，融为一体。他来到瓦尔海姆这个村子时，正值温暖的春天，他心里虽然仍不时泛起往日的忧伤，但是明媚的春光、欣欣向荣的大自然温暖着他那颗“常常寒颤的心”，使他用诗一样的语言唱出对大自然的颂歌（如1771年5月10日的信)。瓦尔海姆小酒店前面两棵枝繁叶茂的菩提树,某乡村牧师院子里的两棵浓荫铺地的胡桃树令他难以忘怀;他赞颂一切合乎自然状态的东西:他喜爱天真的乡村儿童、朴实的农民,还跟下层老百姓交朋友;他向往纯朴的乡村生活,亲自采摘豌豆,一边撕豆荚上的筋,一边诵读他的荷马;看到姑娘们头顶水瓮,到井边来汲取甘冽的清泉,古代宗法社会的生活便令他陶醉。在他眼里,绿蒂是自然的化身;在公使馆工作时,他发现冯·B小姐"在呆板的生活环境中仍保持着许多自然的天性",并和她一起"幻想纯净幸福的乡村生活"。他讨厌一切背离自然的东西:鄙视陈腐、傲慢的贵族,与拘泥刻板、因循守旧的公使格格不入,憎恨等级制度和对人的种种束缚,谴责人与人之间的虚伪和倾轧。维特的审美观念也是从自然出发的。在对自然的体悟中他认识到,一切成规"必定会破坏自然的感情和对自然的真实表现",从而增强了他"纯粹要遵循自然的决心",这使他领悟了艺术创作的真谛:"唯有自然才是无穷丰富的,唯有自然才能造就伟大的艺术家。"歌德创作《维特》时,一方面任凭他"内部自然的特性自由无碍地发挥出来,一方面听凭外界的自然的特质"给予他的影响。[①]

歌德在《莎士比亚命名日》(1771)这篇短文里认为,莎剧人物准确地再现了人的本质,所以他赞叹道:"这是自然!是自然!没有比莎士比亚的人物更是自然的了。"[②]维特心目中的自然"意味着人的性格的完整性,一如宇宙的统一性,但也是对善与恶的二元论概念的扬弃,抛弃天神的启示和救世的诺言,承认生老病死的人的命运"[③],这种自然,"不单纯是山川风光,而是一种哲学的、生物的和社会的概念"[④],而且也是一种艺术观。由此我们便不难理解,为什么维特称自己是自然的儿子和朋友。勃兰兑斯对此的看法

---

① 《歌德自传——诗与真》,第12卷,第571页。

② 歌德:《莎士比亚命名日》(1771),杨业治译,载《古典文艺理论译丛》,第三册,人民文学出版社,1962年。

③ 彼得·伯尔纳:《歌德》,关惠文、韩耀成等译,人民文学出版社,1986年,第44页。

④ 阿尼克斯特:《歌德与〈浮士德〉》,晨曦译,三联书店,1986年,第44页。

是,维特“不仅在感情上是自然的儿子,而且就天才是自然的最高发展来说,他就是自然本身。他融化到自然里,在自己身上感到了自然的无限生命力,因而产生了‘神化’的感觉”。①

除赞美自然外,维特还十分推崇天才。天才这个词常常会引起误解,以为天才就是“超人”,是与生俱来的,是玄而又玄的东西。关于天才,歌德曾发表过许多见解,其中不乏相互矛盾之处,到了晚年他的看法趋于成熟,很有睿智。他认为,天才是最合乎自然的,他反对束缚,要求平等和个性解放;天才是“最富创造力的人”,具有独创性和标新立异精神,具有高尚的目的;天才善于吸取群众的经验和智慧;天才不是天生的,要具备多种条件,包括适当的身体素质,要学习别人的长处。②

维特的时代是一个需要天才和产生天才的时代,所以狂飙突进时期又称为“天才时期”。但是,那又是束缚天才的时代。维特是个才气横溢的艺术家,绿蒂曾多次称赞他的才智和禀赋,阿尔贝特也说他是个很有才智的人。他追求感情自由,要求平等和个性解放,他投进自然的怀抱。维特声称,他“拥抱大自然的全部奇妙的感情”都“打上了天才的印记”。他要发展自己,实现自己的价值,但他深感社会上到处都有“禁锢着人类创造力和探索力的局限”,譬如到绿蒂的父亲S法官家来做客的一位大夫,见到维特和绿蒂的弟妹一起在地上玩就颇有微词;又如维特起草文稿讨厌繁缛枯燥的公文语言,而采用狂飙突进运动的生动的文风和具有活力的语言,如倒装句——当时年轻一代强调语言的表现力和感情色彩的标志——却遭到恪守理性主义文风及其文法规范的公使的指责。对于封建贵族和庸人来说,他们只会按常规习俗行事,而这种常规习俗恰恰是对维特天性的威胁。他对世界不是用常规这把尺子去衡量,而是用头脑去思考一切,用心去体验一切。在当时的环境下,他异于常规的言行和精神追求很难为社会所理解。

---

① 勃兰兑斯:《十九世纪文学主流》,第一分册,第23页。

② 参见艾克曼辑录的《歌德谈话录》,朱光潜译,人民文学出版社,1978年,第164—165,250—251页。

维特的天才在当时的德国社会中得不到、也不允许他去施展，难怪他要发出如此沉痛的感叹了："为什么天才的河流难得冲破堤岸，难得成为汹涌澎湃的洪水？""其原因就在于，两岸住的是沉着冷静、深思熟虑的老爷，他们担心自己花园中的亭榭、郁金香花圃以及菜园会被洪水冲毁，所以知道及时筑堤挖渠，以防患于未然"。(1771 年 5 月 26 日信)。社会容不得天才，容不得维特这个新派人物，这正是当时德国的耻辱。

五、"维特"引起的争议

《维特》出版以后，引起了各种意见的激烈争论。然而，对于《维特》的争论，实际上还在小说正式面世之前就已开始了。

首先让我们来听一听小说所涉及的两位当事人的反应。1774 年小说正式推向市场之前，歌德从印刷厂拿到第一批样书之后，立即分别给夏绿蒂和凯斯特纳各寄了一本去。歌德在给绿蒂的信中，希望她好好招待一个很像他的朋友——"他的名字叫维特"。绿蒂读了小说深受感动，心中泛起了对往事的甜蜜回忆，凯斯特纳则怒不可遏。他在给歌德的信中说，维特像现在这个样子，他感到很不是滋味，并责备歌德没有良心，肆意糟蹋了"那些现实中的人"，歌德"借用了他们性格特征的人"。①

凯斯特纳的信歌德难以理解，也使他感到震惊。他给朋友造成了痛苦，这使他心里很不安，于是就给凯斯特纳夫妇写了一封既是安抚又是辩解的信。歌德深信，结果将证明凯斯特纳的担心是"过分夸张了"，他认为"小说中事实和虚构的掺和是无害的"。②

《维特》面世后所引起的轰动是空前的，歌德一举成了当时文坛上最最

① 参见凯斯特纳从汉诺威致歌德信的草稿，1774 年 9 月底或 10 月初，引自汉堡版《歌德文集》，第 6 卷，第 522 页。

② 参见歌德致凯斯特纳夫妇的信，1774 年 10 月，引自汉堡版《歌德文集》，第 6 卷，第 522 页。

耀眼的星星。人们创作了大量诗文和歌曲献给维特，报刊上发表了大量评论文章，人们通信中谈得最多的也是这部小说。这时凯斯特纳也不得不承认，小说毕竟是小说。几个月后，1775年初，《维特》的第一个法文译本出版，紧接着又出版了多个译本，一向傲慢的法国人也给予这位卢梭的门徒以热情的欢迎和衷心的敬意。随后各种欧洲文字的译本迅速出现。在战场上善于呼风唤雨的拿破仑皇帝竟把《维特》读了七遍之多，远征埃及途中还带着这本小说。狂飙突进运动作家对《维特》表示热烈欢迎。诗人舒巴特读了《维特》"心都融化了，胸口怦怦直跳，狂喜而痛苦的泪水嘀嘀嗒嗒直流"，他劝读者"自己买一本《维特》来读，并要用心来读"！他自己"宁肯终生穷困，一辈子睡干草，饮清水，吃树根，也要来体验一下这位多情善感的作家的心曲"。[①] 海因泽和克劳迪乌斯对此也有同感，伦茨、克林格、瓦格纳、毕尔格等作家也对小说加以热情的赞扬。席勒深刻地分析了维特的悲剧，他说："一个人物以热烈的感情拥抱一个理想，并且逃避现实，以便追求非现实的无限；他不断地在他身外寻求他永远在他自己的天性中所破坏的东西；他觉得他自己的梦想才是唯一现实的东西，他自己的经验无非是永久的束缚；他把自己的存在看作是束缚，应当把它粉碎，以便深入绝对的现实。"席勒接着写道：

> 有趣味的是看到，凡是滋养感伤性格的东西是以怎样愉快的本能聚集在维特身上：狂热然而不幸的爱情，对自然美的敏感，宗教的情操，哲学沉思的精神，最后为了不忘掉任何一点，还有莪相的阴暗、混沌和忧郁的世界。如果再加上，外部世界在这个苦痛的人看来是怎样不亲切，甚至是怎样敌对，他周围的一切事物怎样联合起来要把他赶回他的理想世界，那么我们就看不出这样一个性格有任何可能性从这个圈子里把自己挽救出来。[②]

---

① 克·丹·舒巴特于1774年12月5日在《德国纪事》(Deutsche Chronik)上发表的文章，转引自汉堡版《歌德文集》，第6卷，第524页。

② 席勒：《论素朴的诗与感伤的诗》，曹葆华节译，引自《古典文艺理论译丛》，第二册，第21—22页。

威廉·冯·洪堡1789年5月30日给他的未婚妻卡罗琳娜·冯·达赫勒登的信中说,一天晚上他在朋友桌上看到《维特》,一拿起来便放不下手,一口气读到天亮。信中他除对小说的内容和思想赞不绝口外,还特别赞扬小说的"语言是如此真实,如此朴实,如此感人,如此让人着迷"。[①]

启蒙运动作家,如莱辛、克洛普施托克、维兰德等文坛宿将,一方面赞扬歌德的才能,但由于浸透着狂飙突进精神的《维特》体现了与启蒙运动不同的世界观与美学理想,所以启蒙运动作家对《维特》也多有责难。莱辛于1774年10月26日给约·埃申堡的信中认为,小说应该有个"简短而冷静的结束语",指出让维特自杀是个"下策",会对青年人产生有害的影响,并认为最后应加上个短短的尾声,而且"越写得愤世嫉俗越好"。

对《维特》的激烈反对和恶毒攻讦主要来自封建统治者和道貌岸然的天主教会。封建统治者把《维特》视作"淫书",诅咒小说的作者"该遭天雷轰"。当时德国的一些邦国对《维特》下了禁令,如在莱比锡,书尚未印出就遭禁止,说《维特》在为自杀行为辩护,并鼓励自杀,会导致青年人尤其是弱女子的堕落;市议会还规定,对有这本书的人要课以十六个塔勒的罚金。在意大利的米兰,小说一出版就立即被没收并加以销毁。丹麦政府则认为,《维特》是一本邪恶的书,它不仅危害基督教,而且也危及市民优良的道德风尚,因而于1776年也把《维特》列为禁书。汉堡主教戈茨认为,《维特》挖掉了全部道德的根基,美化通奸与自杀,他要求"彻底根除这部广为流传的毒草"。英国德比郡主教勃里斯托勋爵1797年在耶拿会见歌德时,骂《维特》"是一部极不道德的该受天谴的书",责备歌德不该用这样的书来引诱人去自杀。歌德当即给予迎头痛击:

> ……世间有些大人物用大笔一挥就把十万人送到战场,其中就有八万人断送了性命,要他们互相怂恿杀人放火和劫掠。你对这种大人

① 参见汉堡版《歌德文集》,第6卷,第531页。

物该怎么说呢？在看到这些残暴行为之后，你却感谢上帝，唱起《颂圣诗》来。你还用地狱惩罚的恐怖来说教，把你的教区里孱弱可怜的人们折磨到精神失常，终于关进疯人院去过一辈子愁惨生活！还不仅此，你还用你们的违反理性的传统教义，在你的基督教听众灵魂里播下怀疑的种子来毒害他们，迫使这些摇摆不定的灵魂堕入迷途，除了死以外找不到出路！对于这一切，你对自己该怎么说，你该受什么惩罚呢？现在你却把一个作家拖来盘问，想对一部被某些心地偏狭的人曲解了的作品横加斥责，而这部作品至多也不过使这个世界甩脱十来个毫无用处的蠢人，他们没有更好的事可做，只好自己吹熄生命的残焰……①

这顿猛烈的炮火杀得这位主教立马变得彬彬有礼，“像绵羊一样驯良”。

《维特》问世以后，各种改编本、抄袭本、仿制本、讽刺摹拟本大量涌现。最为可笑的是德国作家克·弗·尼柯莱写了一本《少年维特之欢乐》的书，书中主人公用灌了鸡血的手枪自杀，虽然血流满面，却并未丧命，绿蒂感动之下便与他结成眷属。歌德在书信中和一些短诗中表达了他对此公的恼怒。

歌德“像鹈鹕一样”②，用自己的心血哺育了《维特》之后，像是在神父面前做了一次忏悔，了却了一段情缘，把自己“从暴风雨似的心境中拯救出来”③，感到心情轻松、自由和宁静。《维特》的作者歌德此时名扬四海，年轻的魏玛公国的卡尔·奥古斯特公爵慕名派宫廷侍从把他请去，二十六岁的歌德于1775年11月7日到达魏玛，进入公爵的母亲安娜·阿玛莉娅创建的“缪斯宫廷”，开始了他生活中的新旅程。此后歌德思想得到进一步的深化，创作方法和艺术风格起了重大变化，不再一味听凭感情的宣泄，而是以古希腊罗马艺术为榜样，追求宁静、纯朴，主张感情和理智、理想与现实、人

① 《歌德谈话录》，朱光潜译，人民文学出版社，1978年，第218页。

② 同上，第17页。

③ 《歌德自传——诗与真》，第13卷，第624页。

和自然的和谐统一，以实现古典人道主义理想。

六、圆　梦

《维特》的中译本，以前流行最广的是郭沫若译的《少年维特之烦恼》，近年来又陆续出了若干种译本，我因何还要重译？对此似有稍加说明之必要。对于外国文学名著，我认为应允许有多种译本并存。由于译者的个性、爱好、气质、修养、经历不同，以及各个译者中外文水平的高低有别，译本的风格就会有很大差异，其中有的译本有可能与原作的风格较为接近，多种译本并存，可以“百花齐放、百家争鸣”。经过读者的选择、评判，优胜劣汰，必然会筛选出一种或数种最佳译品来，这对我们正确理解原作，繁荣和发展我国的文学翻译事业是有益的。当然，这里所说的是严肃认真的翻译，至于那种纯粹着眼于金钱或别的目的而进行的草率的重译，则又当别论。说到我自己，我与《维特》的结缘时间已经很长了。早在大学期间，我就十分喜爱《维特》，不仅赞叹小说所表达的时代精神和深刻的思想内涵，而且着迷于它精湛的艺术技巧。歌德采用书信体裁，以内心独白的形式，让主人公维特在他自己的灵魂面前，在读者面前，敞开他的心扉，把他的忧郁、痛苦、挫折、希望与抱负一股脑儿宣泄出来，坦诚地表露自己的颂扬与批评、反抗与退缩，因此这是一部典型的浪漫主义心理倾诉小说，在德国文学史上开了先河。小说在结构上也很有特色，一封封书信可分可合，合在一起是一个完整的故事，分开来则是一篇篇优美的散文。每封信或长或短，视内容而定，有抒情，有状物，有写景，有叙事，有议论，或指点江山，谈论艺术，或针砭时弊，抨击社会。小说的下篇，维特走向社会，以求得事业上的发展，这就使主人公开阔了视野，贴近了生活，使他对德国鄙陋的社会环境以及黑暗的封建制度有了更为深切的体验，增添了小说的时代感和社会批判力度。小说基本上是维特自己同自己的对话，书中所叙述的一切我们都是通过维特的视角才了解到的，但下篇中插入“编者致读者”一节，以这种方式交待维特自杀前的情况、他的思想活动和难以解脱的内心矛盾,并把维特的若干书信和便条等材料串联起来。这样不但使小说在形式上有了变化,使书信体小说的结构翻出新意,更主要的是为读者进一步了解维特提供了一个视角,即作者视角。小说总的风格是情调忧郁而充满诗情画意,文字极为优美,富有韵律感。这里有缠绵悱恻的恋情和甜蜜温馨的生活场景,又有嬉笑怒骂和冷嘲热讽的革命性描绘。特别令人陶醉的,是小说中对大自然的出色描绘。在歌德笔下,大自然仿佛是有知的,它随维特心情的变化而变幻自己的色彩和风格,它时而和煦温暖、妩媚动人,时而粗犷狂暴、寒气逼人;时而欢快明朗,时而忧伤昏暗,它是主人公心灵的一面镜子。我还记得在北京大学学习时,初夏时分躺在未名湖畔的草坪上诵读《维特》的情景,当我读到"我整个灵魂都充满了奇妙的欢快……"这封信时(1771 年 5 月 10 日),自己心里也充满了一种奇妙的感觉,对生机勃勃的大自然生出无比的亲切感;当我读到阴郁、悲壮的莪相诗歌以及描写山洪暴发的场景时,心中也起了寒栗。那时候我就萌生了翻译《维特》的愿望。

时光荏苒,几十年过去了,由于种种原因,心中的夙愿一直未得实现。这次应译林之约,重译《维特》,终于圆了青年时代的梦。翻译的时候,我竭力捕捉原作的风格,想尽可能地再现原文忧伤、典雅、流畅优美、激情澎湃、诗意浓郁的特点,在译文的遣词造句方面颇费了一些斟酌,有不少书信我是把它作为散文诗来翻译的,是否取得些许成果,还有待读者的评说。

郭老译的《少年维特之烦恼》卷首刊有《绿蒂与维特》一诗:

青年男子谁个不善钟情?
妙龄女人谁个不善怀春?
这是我们人性中之至圣至神;
啊,怎么从此中有惨痛飞迸!

可爱的读者哟,你哭他,你爱他,
请从非毁之前救起他的名闻;
你看呀,他出穴的精魂正在向你目语:
请做个堂堂男子罢,不要步我后尘。

“钟情”“怀春”“至圣至神”,真是绝妙!这首译诗可说是郭老的神来之笔。有人问,近年出版的其他几种《维特》的译本怎么都没有这首诗?其原因是:《维特》的初版并没有卷首诗,1775 年出第二版时歌德才分别于上、下篇之首各加了一首主题诗,郭老所译卷首诗的前四句置于上篇卷首,后四句放在下篇之前。但后来的德文版本中这两首诗没有再用,据现在的版本,拙译《维特》上、下篇卷首也都未加题诗。

另外,关于小说书名原文书写这一问题也有必要说明一下。小说书名原文现在一般都写作《Die Leiden des jungen Werther》,但也有个别版本 Werther 之后还加有一个“s”,即《Die Leiden des jungen Werthers》。后者是歌德青年时代的写法,歌德晚年对于人名第二格的书写喜采用现代德语弱变化的形式,即人名后面不加“s”。小说 1824 年的版本中,歌德就把 Werther 后面的“s”去掉了,拙译所据版本的书名就是采用歌德晚年的用法,Werther 后面未加“s”。

韩耀成　1994 年 8 月,北京

修订版附记

趁此次再版《少年维特的烦恼》之机,对 1994 年的译文进行了修订,在文字上做了一些修改,并改正了若干谬误,以及此前版本中的某些排校差错。这个修订本,肯定尚有许多不尽如人意之处,敬请读者不吝批评指正。

译者　2022 年 1 月

有关可怜的维特之故事，凡是我能搜集到的，都尽力汇集于此，呈献在诸位面前，我知道，你们将为此而感谢我。对于他的精神和性格，你们定会深表钦佩和爱怜，对于他的命运定会洒下你们的泪水。

善良的人呀，你正感受着他那样的烦恼，那就从他的痛苦中汲取慰藉吧，倘若由于命运的播弄或自身的过错而未能觅到知音，那就让这本小书做你的朋友吧。

上 篇

一七七一年五月四日

我终于走了，心里好高兴！我的挚友，人的心好生奇怪！离开了你，离开了我如此深爱、简直难分难舍的你，我居然会感到高兴！我知道，你会原谅我的。命运偏偏安排我卷入一些感情纠葛之中，不正是为了使我这颗心惶惶不可终日吗？可怜的莱奥诺蕾！可是这并不是我的过错呀。她妹妹独特的魅力令我赏心惬意，而她那可怜的心儿却对我萌生了恋情，这能怨我吗？不过，我就毫无责任吗？难道我没有培育她的感情？她吐自肺腑的纯真的言谈原本没有什么可笑，而我们却往往为之开怀大笑，我自己不是也曾以此来逗乐吗？难道我不曾①——啊，人呀，怎么老是自怨自艾！亲爱的朋友，我向你保证，我要，我要改正，我不会再像往常那样，把命运加给我们的一点儿不幸翻来覆去唠叨个没完；我要享受现时，过去的事就让它过去吧。你说得对，我的挚友，人要是不那么死心眼、不那么执著地去追忆往昔的不幸——上帝知道，人为什么总是乐此不疲！——，而是更多地考虑如何对现时处境泰然处之，那么人的苦楚就会小得多。

请告诉我母亲，我会很好地办妥她交待的事情，并尽早把消息告诉她。我已经同婶婶谈过，发现她远非是以前我们所描画的那种恶妇。她精神焕发，快人快语，心地善良。我告诉她，母亲对她压着那份遗产不分颇有意见；婶婶向我说明了她未分的理由、原因以及她准备交出全部遗产的条件，这还超出了我们所要求的呢——简言之，关于此事，我现在不想谈什么，请告诉我母亲，一切都会妥善解决的。我亲爱的朋友，在这件小事情上我又发现，世界上误解和懈怠也许比奸诈和恶意还要误事。至少奸诈和恶意肯定并不多见。

此外，我在这里感到心旷神怡。在这天堂般的地方，寂寞是治疗我心灵的一剂良药，而这韶华时节正以它明媚的春光温暖着我这颗常常发寒战的心。林木和树篱鲜花盛开，我真想变作金甲虫，遨游于芬芳馥郁的海洋中，

---

① 此处歌德述说了自己的一段感情纠葛。1770年歌德在斯特拉斯堡跟一位法国舞蹈教师学跳舞。这位舞蹈教师有两个娴雅、美丽的女儿，正值豆蔻年华，她们常常陪歌德跳舞。姐姐卢琴黛，即小说中的莱奥诺蕾，倾心于歌德，而歌德却更钟情于她妹妹埃米莉娅，但妹妹已和别人订婚。卢琴黛认为，她之所以不为歌德所爱，是由于妹妹这个第三者从中作梗的缘故，因此既怨歌德又恨妹妹。鉴于这种处境，歌德听从了埃米莉娅的建议，离开了她们。此段经历留下的只是一片爱情的涟漪。歌德在他的自传《诗与真》中记述了这次爱情波折。

尽情摄取种种养分。

城市本身并不宜人,但周围自然风光之绮丽却难以言表。座座小山千姿百态,纵横交错,形成一个个秀丽的山谷。已故的封·M伯爵为之心动,便在一座小山上建起一座花园。花园简朴无华,一进去马上就会感觉到,它不是园艺专家设计的,它的图纸显系出自一个感情丰富的人之手,他意欲在此享受人生。那座浓荫遮掩的凉亭曾是已故园主人的心爱之所,也是我留连忘返之地,在那里我不禁为那位业已作古的园主洒下不少眼泪。几天以后我将成为花园的主人;没有几天,园丁就已对我颇有好感,而将来我也不会亏待于他。

五月十日

我整个灵魂都充满了奇妙的欢快,犹如我以整个身心欣赏的甜美的春晨。我独自一人,在这里,在这仿佛专为像我这样的人所创造的地方领受着生活的欢欣。我是多么幸福啊,我的挚友,我完全沉浸在宁静生活的感受之中,以至于把自己的艺术也搁置一边。我现在无法作画,一笔也画不了,和以往相比,此时此刻我却是位更伟大的画家。每当这可爱的山谷里的雾气在我周围蒸腾,太阳高悬在我那片难以穿透的浓密的树林上空,只有几束阳光悄悄射进密林深处的圣地,山涧的清泉飞溅而下,我便卧躺在溪水边葳蕤的野草中,贴着地面观察,那些千姿百态的小草使我感到好生奇怪;每当我感觉到我的心贴近草丛中麇集扰扰的小世界,贴近各种虫豸蚊蚋千差万别、不可胜数的形状时,我就感到那个照他自己的模样创造我们的全能的上帝之存在,感觉到那位使我们漂浮在永恒的欢乐之中的博爱的天父之气息;我的朋友,每当后来我眼前暮色朦胧,我周围的世界以及天空像情人的倩影整个儿都憩息在我心灵中时,我往往便会生出憧憬,并思忖:啊,你要是能把这一切重现,要是能将你心中如此丰富、如此温馨的情景描述出来,使之成为你心灵的镜子,犹如你的心灵是博大无垠的上帝的镜子一样,那该多好!——我的朋友——不过,我要是真这样去做,那就必将陨灭,必将在这些宏伟壮观的威力下魂消魄散。

五月十二日

我不知道,是这地方有迷惑人的精灵在游荡,还是我心里温馨、美妙的奇思异想把我周围的一切变得如此美妙,犹如是在天堂。出城不远有一口水井,我像美露茜①及其姐妹一样,对这口井着了迷。——走下一座小山,就是一座拱门,约莫再走下二十级台阶,便有一股清泉从大理石岩缝中喷涌而出。泉水四周砌了矮矮的护栏,大树的浓荫覆盖着周围的地面,凉爽宜人。这一切既让人留连忘返,又令人悚然心悸。我每天都去那儿坐上一小时,一天不落。姑娘们都从城里来这儿打水,这是一种最普通、最必需的家务,从前国王的女儿也要亲自操持。每当我坐在那儿,古代宗法社会的情景便会栩栩如生地浮现在我眼前:先祖们在水井旁交谊联姻,②仁慈的精灵翱翔在水井和清泉的上空。哦,谁要是没有在炎暑劳顿跋涉之后享受清凉的泉水,他对我的体会就不会感同身受。

五月十三日

你问,要不要把我的书寄来?——亲爱的朋友,我求你看在上帝的分

---

① 美露茜,法国古代传说中的美人鱼。

② 《圣经》载:年迈的亚伯拉罕派仆人到本乡本族去为儿子以撒娶妻。一天黄昏时分,仆人来到亚伯拉罕兄弟拿鹤的城,正值众女子出来打水。仆人站在井旁求上帝指引。他向少女利百加要水瓶里的水喝,利百加非但满足他的愿望,而且还去打水给他的骆驼喝,于是仆人遂选中利百加做以撒的妻子。参见《旧约全书·创世记》第24章。

上,别让书籍来打扰我!我这颗心本来就已经够激荡翻腾的了,不想再要什么指导、嘉勉和激励;我需要的是摇篮曲,这我在荷马史诗中已经找到了好多。我常常低声吟诵这些篇章,以使我极度兴奋的热血冷静下来,因为像我这颗那么变幻无常、捉摸不定的心,你还从未见过呢。亲爱的朋友,你见我由苦闷变为放纵,由甜蜜的忧郁转为伤骨耗精的激情迸发,你在替我担着多大的心,这还用我对你说吗?我自己也把我这颗心当成一个生病的孩子,任其随心所欲。这些情况请不要告诉别人,要不准会有人要怪罪我的。

五月十五日

当地的老百姓已经认识我了,并且很喜欢我,尤其是孩子。起先我去接近他们,友好地向他们问这问那,于是有人就以为我是在取笑他们,便粗暴地将我打发走。对此我倒并没生气,只不过我对我以前常说的事有了极其深切的体会:某些稍有地位的人,总是对老百姓采取冷冰冰的疏远态度,以为似乎接近老百姓有失他们的身份;还有一些浅薄之辈和捣蛋的家伙,他们做出一副降贵纡尊的姿态,好在穷苦百姓面前更显得鹤立鸡群。

我知道,我们并不是同类人,也不可能是;但是我却认为,那些自以为必须远离所谓群氓以维护自己尊严的人,同那些因为怕吃败仗,所以见了敌人就躲起来的胆小鬼一样,都应该受到谴责。

不久前我去井边,遇见一个年轻的女仆,她将水瓮放在最下面的一级台阶上,正在回头张望,看有没有女伴来帮她把水瓮放到头顶上去。我走下台阶,望着她。——“要我帮您吗,姑娘?”我说。——她满脸涨得通红。——“噢,不用,先生!”她说。——“别客气。”——她摆正头上的垫圈,我帮她放上水瓮。她道了谢,便往上走去。

五月十七日

我已结识了各式各样的人，但知心朋友却尚未找到。我不知道，我究竟有些什么吸引人的地方，令那么多人喜欢我、疼爱我，每当我们只能一起走一小段路，我就感到难过。你要是问这儿的人怎么样，那我要告诉你：同别的地方的人一样！人都是一个模子里造出来的。多数人为了生计，干活耗去了大部分时间，剩下的一点儿闲暇时间却令他们犯了愁，非得挖空心思，想方设法把它打发掉。啊，人就是这么个命！

不过，他们都是好人！有时我玩得忘乎所以，有时同他们共享人间尚存的欢乐：或一起品尝佳肴，酣饮醇醪，坦诚畅叙，开怀谈笑，或适时安排郊游，组织舞会等等，这一切对我的身心都颇有裨益；只是我未曾想到，我身上还有那么多的精力，由于闲置未用而在衰退，我不得不小心翼翼地将它们掩藏起来。唉，这是多么令人揪心呀。——事情就是这样！被人误解，这是我们这样的人命中注定的。

唉，我青年时代的女友已经离开人间①，啊，我与她早就相识！——我真想说：你是傻瓜！你在寻找人世间无法找到的东西！但是我曾拥有过

① 这里维特想起了一位年纪比他稍长的女友。对青少年时期的维特来说，这位女友既是听取他忏悔的神甫，是他灵魂的领路人，也是圣女和给他以帮助的人，后来他还曾提到她。18世纪的知识青年都渴望能找到一个支撑，这支撑不是一种学说，而是一个榜样。当时许多描写心灵教育的伟大作品都写了这个问题。歌德所刻画的年轻人的榜样人物大多为女性，这里维特提到的他那位女友就是一例。年轻人希望得到一位年岁稍长的成熟的人的帮助是歌德时代人际关系中的重要主题之一。这里生活和虚构相互交织在一起。维特是个多愁善感的人，他的心灵必须依附于为他所爱、所尊敬的人。他经历的依附形式有三种：对这位成熟的年长女友的依附，对和他同年的朋友威廉的依附和对绿蒂爱情的依附。但是小说成书之时，这位年长的女友已经去世，她的手已经不能来清理维特紊乱的思想了。小说一开始就提出这个主题是很重要的：维特失去了一位心灵的领路人，而威廉又不是能够帮助他克服心灵危机的人，这就潜伏了维特悲剧命运的因素。

她，我曾感受到她那颗心，那个伟大的灵魂，只要有她在，我就觉得超越了自己，因为凡是我能做到的一切，我都达到了。仁慈的上帝！难道那时我灵魂中还有一丝精力未曾使用？在她面前难道我不能抒发全部奇妙的感情，我的心用以拥抱大自然的那种感情？我们的交往中难道不是持续不断地织进了最纤细的感情、最敏锐的睿智，直至妙趣横生的谐谑和恶作剧？这一切不全都打上了天才的印记？而如今！——啊，岁月，她长我的几年岁月，竟将她先于我带进了坟墓。我永远忘不了她，永远忘不了她那坚定的意志和非凡的宽容。

几天前我遇见了叫 V 的年轻人，他是位襟怀坦荡的青年，一脸福相。他刚从大学毕业，虽不算自命不凡，但总以为比别人知道得多。我从各方面都感觉到，他也很勤奋。总之，他的学问不错。他听说我会画画，懂希腊文（这两者在此地犹如两颗耀眼的晨星），便来看我，叙谈中他从巴妥说到伍德[①]，从德皮勒谈到温克尔曼[②]，将自己渊博的知识都抖搂出来炫耀一番，并对我说，他已通读了苏尔策理论[③]的第一部分，还拥有一部海纳[④]研究古希腊文化的讲稿。我则没去答理，任他吹得天花乱坠。

我还认识了一位正派人，他是侯爵在此设置的地方法官[⑤]，是个直爽、坦诚的好人。有人说，见他和他九个孩子在一起的情景，简直是件赏心悦目

---

① 巴妥（1713—1780），法国美学家，法国艺术哲学的奠基人。伍德（1716—1771），英国研究荷马的学者。

② 德皮勒（1653—1709），法国画家、美术理论家。温克尔曼（1717—1768），德国考古学家和艺术史家。

③ 苏尔策（1720—1779），瑞士美学家。这里提到的他的理论系指他的著作《艺术总论》，维特写这封信时（1771），这部著作的第一部刚出版。

④ 海纳（1729—1812），德国哥廷根大学教授，古典语言学家。18 世纪 70 年代初在古希腊文化阐释方面他是一颗冉冉上升的明星，他讲课的讲稿中有许多内容是他发表的文章中所没有包含的，因此他的讲稿被视作极其珍贵的文献。

⑤ 指小说女主人公夏绿蒂的父亲——韦茨拉尔德意志骑士团的法官布甫，其长女名叫卡罗琳娜，小说中的原型实为其同名女友。

的乐事;尤其是对他的大女儿,人们更是交口称赞。他已邀请我去他家,我想近日去造访。他住在侯爵的一所猎庄里,离这里一个半小时路程,他是在妻子去世后获准迁往那儿的,要不,再住城里的官邸只能使他触景生情,徒增悲痛。

此外,我还遇到几个怪里怪气的人,他们的一言一行都让人厌恶,而最让人受不了的,是他们见了你所表现的那股热乎劲。

再谈吧!这封信全是客观介绍,一定会合你的意。

五月二十二日

人生如梦,有人早已有此体会,这种感觉也萦绕在我的心头。每当我看到禁锢着人的创造力和探索力的那些局限;每当我看到人们把精力全都耗费在设法满足自身的各种需求上,目的仅仅是为了延长我们可怜的生存;每当我看到人们想从对某些问题的探索中得到慰藉,那只是梦里听天由命的企盼,犹如一个被囚禁的人把囚室的墙上画上各种彩色人像和亮丽的风光——威廉呀,对于这一切,我只能缄默不语。于是我就返回到自己的内心,竟发现了一个世界!我更多地沉湎在预感和隐秘的欲愿之中,而不是去表现生气勃勃的活力。在我的感官面前一切都变得朦胧恍惚,我也微笑着,梦幻似的进入这个世界。

满腹经纶的各级教师都一致认为,孩子们并不懂得他们所欲为何;成人也同孩子一样在这个地球上到处磕磕绊绊,劳碌奔忙,既不知道自己来自何处,欲往何方,办事也无真正的意向,只好成为饼干、糕点和桦树条的奴隶[1]:这番道理谁也不愿相信,然而我却觉得,这是一目了然的。

---

① 意为受制于工资和惩罚。

我知道，听了以上所说你会跟我讲些什么。我觉得，整天抱着布娃娃东转西跑，给娃娃脱了穿，穿了脱，瞪大眼睛在妈妈放甜面包的抽屉跟前悄悄转悠，要是一下拿到了心爱之物，便将嘴里塞得满满的，鼓着腮帮吃掉，并且嚷嚷："还要！"——这样的人是幸福的。所以我愿向你承认，那些像孩子一样无忧无虑的人最幸福。还有一些人，他们把自己鸡毛蒜皮的事或者甚至把自己的欲望全都贴上漂亮的标签，并把这些说成是造福人类的伟大业绩。——这么干的人，愿他们幸福吧！可是，谁要是心平气和地看到这一切的后果，看到循规蹈矩的市民都把自己的小花园拾掇成伊甸园，看到不幸的人也在锲而不舍、气喘吁吁地继续向前走去，大家都希望还能多看一分钟太阳的光辉——谁要是看到这一切，那么，他的心境就会是平静的，他也会从自己的心里创造一个世界，他也是幸福的，因为他是人。所以，无论受着怎样的束缚，他心里始终深怀美好的自由之感，他知道，只要他愿意，他随时都可以离开这个樊笼。

五月二十六日

我爱找个合意的地方盖间小屋栖居，极其简朴地在那儿住下，我的这个脾性你早就知道。这里我又发现了一个非常吸引我的好去处。

有个叫瓦尔海姆①的地方，离城大约一小时路程，坐落在山坡上，地理位置令人神往。走上通往村里的山路，整座山谷便尽收眼底。房东是位上了年纪的妇人，殷勤好客，古道热肠，她给我斟了葡萄酒、啤酒，倒了杯咖啡。最令人陶醉的是那两棵枝繁叶茂、浓荫掩映的菩提树，它伸展的枝桠覆盖着教堂前的小广场，以及四周的农舍、谷仓和场院。像这样令人神往的僻静之

① 读者不必费力去找这里所提到的那些地方；不得已，我必须将原信中的真实地名改掉。——作者原注

处实在不易找到,我常常让侍者从我的客房里把小桌子和椅子搬到菩提树下,我在那里边喝咖啡,边读荷马。第一次,我在一个风和日丽的下午偶然来到菩提树下,发现场地上很冷清,大人都下地干活去了,只有一个大约四岁的孩子坐在地上,怀里搂着的一个大约半岁的婴孩坐在他的双脚之间,让他的两只胳膊靠在自己怀里,好似坐在靠背椅里一样。虽然他的一双黑眼睛在活泼地东张西望,但他却一直安安静静地坐着。看到这一情景,我心里乐不可支;我便在对面的一张爬犁上坐下,兴致勃勃地画下这兄弟俩的姿态。我又添上近处的篱笆、仓房的大门以及几个破车轱辘。所有这些都按其前后远近的位置加以处理,历时一小时便完成了一幅精心布局、意趣盎然的作品,画上丝毫没有加进我自己的想法。这次体验增强了今后我独遵自然的决心。唯有自然才是无限丰富的,唯有自然才能造就伟大的艺术家。对于成规的好处,人们可以赞美揄扬,大体犹如对于市民社会也可众口齐颂一样。一个按成规造就出来的人绝不会画出乏味拙劣的东西来,正如一个规矩守法的人绝不会令邻居讨厌,绝不会成为恶毒的歹徒,但是,另一方面,无论怎么说,一切成规也必定会破坏自然的真实体悟和对自然的真实表现!你会说,“这太极端了!成规只起约束作用,就像把疯长的葡萄蔓修剪修剪”,等等——好友,要我给你打个比方吗?这就像谈恋爱。小伙子钟情于一位姑娘,成天厮守在她身边,耗尽了全部精力和钱财,为的是能够时时刻刻向她表白他对她一往情深的感情。这时来了个担任公职的市侩,对小伙子说了一番诸如此类的话:“可爱的年轻先生,恋爱是人之常情,不过谈情说爱也得合乎情理!你得把你的时间分配一下,一部分时间用于工作,休息时间就给你心爱的姑娘。你的财产也得好好计划一下,除去必要的开销,余下的我倒不反对你买件礼物送她,只不过不要三天两头都送,一般来说,在她的生日和命名日送她就行了。”等等。——小伙子要是听了这位庸人的话,那么他就会是一个有为的青年,我甚至可以向任何一位侯爵推荐，给他一个职位；不过他的爱情就完了，倘若他是艺术家，他的艺术也就完了。啊，朋友们，为什么天才的洪流难得冲破堤岸，难得成为汹涌澎湃的洪水，震撼你们惊愕的灵魂？——亲爱的朋友们，其原因就在于，两岸住的都是些深谋远虑的老爷，他们担心一旦洪水来临，自己花园中的亭榭、郁金香花圃以及菜园就会被冲毁，所以知道及时筑堤挖渠，以防患于未然。

五月二十七日

我发现，我着迷了，一味打比方，发议论，忘了把这两个孩子后来的情形向你讲完。我在犁头上大约坐了两个小时，我的思绪完全陶醉于画作，昨天的信上已零零碎碎地对你谈起过。当天傍晚，一位手挎小篮的年轻女子朝着一直一动不动地坐在那儿的两个孩子走来，她老远就喊道："菲利普斯，你真乖。"——她向我打了招呼，我谢过她，便站起身来，走到她跟前，问她是不是孩子的母亲。她作了肯定的回答，同时给了大孩子半块面包，抱起小的，以满怀深情的母爱亲吻他。——"我把这个小的交给菲利普斯照看，"她说，"我同大儿子进城买面包、糖和煮稀饭的砂锅去了。"——在她敞着的篮子里我看到了这些东西。——"晚上我要煮点稀粥给汉斯（这是那个最小的孩子的名字）喝；我那大儿子是个淘气包，昨天他同菲利普斯争吃砂锅里的一点剩粥时，把锅打碎了。"——我问她大儿子在哪儿，她说他在草地上放鹅，正说着，他就连蹦带跳地来了，还给老二带来一根榛树枝。我跟这女人继续聊着，得知她是学校教师的女儿，她丈夫到瑞士接受堂兄的遗产去了。——"他们想吃掉他的这笔遗产，"她说，"连回信都不给他，所以他亲自到瑞士去了。但愿他没出什么事，我一直没有得到他的消息。"——离开这女人时，我心里有点沉重，便给每个孩子一枚克罗采①,最小的孩子的一枚给了他妈妈,等她进城时好买个面包给他就粥吃,随后我们便彼此道别。

告诉你,我最珍贵的朋友,这样的人在他们狭窄的生活圈子里过得快快活活,泰然自若,一天天凑合过去,看见树叶落了,才知道冬天来了。每当我情绪不好的时候,一看到他们,我紊乱的心境就会平静下来。

打那以后,我便常常待在室外。孩子们同我搞得很熟了,我喝咖啡的时候,就给他们糖吃,晚上他们还分享我的黄油面包和酸牛奶。星期天,他们总会得到我给的克罗采,要是我做完祷告不回去,便委托女房东代为分发。

孩子们都跟我亲密无间,什么事都告诉我。每逢村里很多孩子聚在我这里,大家玩得兴高采烈,想要什么,直接就说,这时我心里更是乐不可支。

孩子们的母亲总怕孩子们给我添麻烦,心里过意不去,我费了很大的劲才把她的顾虑打消。

五月三十日

不久前我同你说起的关于绘画的想法,对于诗歌创作当然也是适用的,只不过诗人要识得美好的东西,并大胆地将其表达出来,当然要言简意赅。今天我看到一个场景,只要实录下来,就是世上最美的田园诗;可是诗歌、场景和田园诗要写成什么样呢?我们要体验自然现象,难道非得将其刻意雕琢一番不成?

倘若你指望在这个开场白里有很多精湛深奥的道理,那你就又上当了;引起我这次生动体验的,只不过是一个青年农民。我像往常一样,一定叙述得很糟,我想,你也同往常一样,定会觉得我是夸大其词;这又是在瓦尔海

---

① 克罗采,从前在南德和奥地利流通的一种硬币,币值很小。

姆，瓦尔海姆总出些稀奇古怪的事。

外面菩提树下有一群人在喝咖啡。我觉得他们不是性情中人，便借故没有加入。

隔壁屋里出来一个青年农民，去修理不久前我画过的那张爬犁。我很喜欢这人的气质，便去同他攀谈，问问他的生活情况，不一会儿我们就熟了，同我通常跟这样的人交往一样，我们很快就亲密无间，无话不谈了。他告诉我，他在一个寡妇家干活，寡妇待他很好。一谈起她，他就滔滔不绝，对她大加赞赏，我马上便觉察到，他对她已经爱得刻骨铭心了。他说，她年纪已经不轻了，她第一任丈夫对她很不好，她不想再结婚了。他的话明显地表露出，在他眼里她是多么美，多么有魅力，他多么希望能被她选中，好使她消除她第一位丈夫的过错给她留下的创伤。我必须逐字逐句重复他的话，才能使你具体了解这位青年农民纯洁的倾慕、爱情和忠诚。是的，为了能向你惟妙惟肖地描画出他的表情姿态、和谐的声音以及他眼睛里隐藏的烈火，我必须具有最伟大的诗人的禀赋才行。不，他整个身心和表情中所流露的那种柔情，是任何言语都无法表达的；经我笨嘴拙舌一说，这一切就成了一杯白开水，无色无味。尤其令我感动的是，他怕我认为他与寡妇不般配，怕我对她端庄的行为举止产生怀疑。他说，她的体态和容貌虽已失去了青春的魅力，但却强烈地吸引着他，令他着迷，他一谈起这些，那感人肺腑的情景我只有在自己的心灵深处才能意会。他急切的期盼，热烈的渴慕是如此纯真，我一生中还从未见过，甚至可以说，连想都没有想过，也没有梦见过。倘若我告诉你，想起他那样纯洁无邪，那样真心诚意，我的灵魂深处也腾起了烈焰，这种忠贞不渝、柔情似水的景象时时浮现在我心头，仿佛我自己也燃起了企盼和渴慕的激情——倘若我告诉你这一切，你可不要责备我呀。

现在我也想设法尽快见到她，不过再仔细一想，或许还是不见她好。通过她情人的眼睛来看她，那样更好；她本人出现在我眼前时，也许不像我现在所想象的样子，我何必去毁坏这个美好的形象呢？

六月十六日

我为什么没有给你写信？——你也是曾经沧海的人了，怎么会提出这个问题？你准能猜到，我一切都很好，总之——直说吧，我认识了一位姑娘，她紧紧地牵动着我的心。我已经——我不知道该怎么说。

我认识了一位最最可爱的人，要把这事的经过有条不紊地告诉你，那是很困难的。我又快乐又幸福，所以当不了优秀的小说家。

一位天使！——没说的！谁谈起自己的意中人都这么说，不是吗？可是我却无法告诉你，她是多么完美，她为什么会那么完美；只要告诉你，她已经俘获了我整个的心，这就够了。

她那么聪颖，却又那么纯朴；那么坚毅，却又那么善良；操持家务那么辛劳，而心灵又那么宁静。——

我这里说到她的那些全都是些令人讨厌的废话，使人腻味的空泛之词，丝毫反映不出她的真实情况。下次——不，不等下次，我现在要立即告诉你。要是现在不说，那就永远不会说了。因为，说心里话，开始写这封信以来，我已经有三次打算让人给马备好鞍子，想骑马出去了。今天早晨我还发誓不骑马出去，可我时不时地跑到窗前，看看太阳还有多高。——

我无法控制自己，我还是去了她那儿。现在我回来了，威廉，我要边吃黄油面包的夜宵，边给你写信。看到她同一群活泼可爱的孩子——她的八个弟妹在一起，我的灵魂是多么狂喜呀！

要是我这么写下去，那么你看到末尾也像开头一样不知所云。那么听着，我要强迫自己详细叙述具体细节了。

不久前我在信里曾对你说过，我认识了法官S先生，他请我早些到他的隐居处,或者甚至可说到他的小王国去做客。对于这事我没有太在意,要不是偶然发现这个宁静的地方竟藏着一位宝贝儿,也许我就永远不会到那里去。

我们这里的年轻人要举行一次乡村舞会,我也答应去参加。我请本地一位除了善良、美丽之外并不十分引人注目的姑娘作为舞伴,并说好由我叫一辆马车将她和她堂姐带到舞会场所,路上再顺便捎上夏绿蒂·S。——“您将认识一位漂亮的小姐了。”马车正穿过一片稀疏的大树林往猎庄驶去时,我的舞伴说。——“您得小心,”堂姐插话说,“别堕入情网呀!”——“为什么?”我说。——“她已经订婚了,”我的舞伴答道,“同一个挺棒的小伙子订婚了,眼下他到外地去了,因为父亲去世他得去料理后事,同时也是为了去谋个好职位。”——对于这个消息我并没有太在意。

我们到达庄园大门时,太阳还有一刻钟才下山。这时天气很闷热,天边积聚了大堆大堆灰白色的云层,见之令人生畏,眼看雷雨将至,两位姑娘颇为担心。我自己虽然也开始预感到今天的舞会将大煞风景,但仍然装出一副精通气象的样子来哄她们,以消除她们的恐慌心理。

我下了车,一名女仆走到门口,请我们稍等一会儿,说绿蒂小姐马上就来。我穿过院子,朝精心建造的屋子走去,上了屋前的台阶。正要进门时,一幕我所见过的最动人的景象跃入我的眼帘。前厅里六个十一岁到两岁的孩子围拥着一位容貌秀丽的姑娘。她中等身材,穿一件简朴的白色衣服,袖口和胸襟上系着粉红色的蝴蝶结。她手里拿着一个黑面包,根据周围孩子的年龄和胃口一块块切下来,亲切地分给他们;弟妹们在轮到自己的一份时,虽然还没有切下来,就把小手伸得高高的,天真地说声“谢谢”,等拿到了自己的一块,便蹦跳着跑开了,性格比较文静的,则拿着面包不慌不忙地到大门口去看陌生人和他们的绿蒂即将坐着出门的马车。

“真不好意思,”绿蒂说,“有劳您跑进来一趟,还让两位姑娘久等了。

我因为换衣服和料理在我出去这段时间里的家务，忘了给弟弟妹妹分发午后点心，他们不要别人切的面包，只要我切的。”

我随便客套了几句，这时我整个灵魂全都稽留在她的容貌、声调和举止上了，等她到房里去取手套和扇子时，我才有时间从诧异中恢复过来。孩子们站在离我不太远的地方，从一旁看着我，年纪最小的孩子脸蛋特别逗人喜爱，我便朝他走去，他就往后退缩。这时绿蒂正好从房里出来，便说：“路易斯，跟这位表哥握握手。”——于是，这孩子便落落大方地向我伸出了手，我情不自禁，就亲昵地吻了他，哪里还去管他小鼻子上挂着脏兮兮的鼻涕。

“表哥？”我向她伸出手去时说，“您认为我配有这个福分做您的亲戚吗？”——“噢，”她莞尔一笑，“我们的表兄弟多着呢，倘若您是其中最差劲的一个，那我会感到遗憾的。”

临走时她又交待大约十一岁的大妹妹索菲，要她照看好弟妹，爸爸骑马溜达后回家时要问候他。她又叮嘱了其他几个，要他们听索菲姐姐的话，把索菲当作她自己一样。几个孩子爽快地答应了，可是那个大约六岁的金发小妹却逞能地说：“可她不是你呀，绿蒂，我们还是更喜欢你。”——两个最大的男孩已经从后面爬上了马车，经我说情，绿蒂才同意把他俩带到林子边，但要他俩答应不瞎闹，并且好好坐稳。

我们刚在马车上坐好，姑娘们互相致了问候，便开始闲聊：品评彼此的穿着，尤其是帽子，并很有分寸地议论着马上就要开始的晚会。正谈着，绿蒂忽然让马车停下，叫两个弟弟下车，他俩再次希望吻吻姐姐的手。吻手的时候大弟弟显得文雅而温柔，与他十五岁的年龄很相称，那个小的只是随随便便地使劲吻了一下。绿蒂再次让两个弟弟代她向其他弟妹问候，在这之后我们的马车才继续上路。

我舞伴的堂姐问绿蒂，新近寄给她的那本书看完没有。——“没有，”绿蒂说，“这本书我不喜欢，可以还给您了。上次那本也不怎么好看。”

我问这两本是什么书，她的回答使我大为吃惊：……①——我发现，她所谈的那些看法都很有个性，我看到，她每说一句，脸上就会现出新的魅力，闪着新的精神的光辉。慢慢地，她的脸显得神采飞扬，因为她从我身上感觉到，我是理解她的。

“早些年，”她说，“我最喜欢的就是小说。每当我星期天坐在一个角落里，用我整个心分担着燕妮小姐②的幸福与灾祸时，上帝知道，那有多快乐。我也不否认，这类小说今天对我仍有某些吸引力，可是因为我现在很少有时间看书，因此读的书也得要适合自己的胃口。我最喜爱这样的作家：在他们的作品中能重新找到我的世界，作品中描写的事情就像发生在我周围一般，故事要亲切有趣，宛如自己家里的生活，它虽然不是天堂，可是总的来说却是一个无法言表的幸福源泉。”

听了这番话，我竭力掩饰自己的激动，当然没能掩饰多久：当我听到她剀切中理地随口谈起威克菲尔德牧师③，谈起……④时，我情不自禁，便将不吐不快的话统统告诉了她。过了一会儿，绿蒂转过身去同两位女伴说话时我才发现，那两位姑娘方才一直被冷落了，她们睁大眼睛，心不在焉，

---

① 不得已，信里我只好将此处删去，免得招致别人的非议。其实，作家根本就不必在乎一位年轻姑娘或一个尚无定见的小伙子的评价。——作者原注

② 燕妮小姐，很可能是指法国女作家里柯波尼的小说《燕妮·格朗维叶小姐的故事》中的主人公，该小说的德译本于1764年出版。此处由具体到一般，泛指当时时兴的感伤主义小说。

③ 威克菲尔德牧师，指英国作家哥德斯密斯的小说《威克菲尔德牧师》中的同名主人公。在斯特拉斯堡时期赫尔德向歌德推荐了这本小说，并给他朗诵了小说的德文译本，歌德在《诗与真》中作了记述，可参阅该书第十卷。

④ 此处也删去了几位本国作家的名字。你要是同意绿蒂的赞誉，那读到此处你心里肯定就会感觉到删去的是哪些作家，而别人则无需知道。——作者原注

歌德创作《少年维特的烦恼》时，正是德国长篇小说开始发展的时代，并且已经产生了一批新的成果。这里作者未指名地赞许的德国作家，我们可以想到有维兰德的《阿伽通的故事》（1766—1767）、赫尔梅斯的《索菲从梅梅尔去萨克森的旅行》（1769—1773），以及索菲·冯·拉洛歇的《施特恩海姆小姐》（1771）等。

仿佛没有在场似的。堂姐不止一次嗤着鼻子嘲讽地盯着我，对此我却毫不在意。

话题转到跳舞的乐趣上。——“如果对跳舞的热情是个缺陷，”绿蒂说，“那我也乐意向你们承认，我不知道还有什么比跳舞更美的了。我心里烦闷的时候，只要到我那架音调不正的钢琴上去弹上一曲对舞[1]，情绪就好了。”

谈话中间，我一直欣赏着她那双乌黑的眸子。她那生动的双唇和活泼鲜艳的面颊把我整个灵魂都吸引住了，我完全沉醉在她精辟的谈吐之中，往往连她所用的词都没听见！——对此你想象得出的，因为你了解我。总之，马车在游乐宫前悄悄停住时，我像梦游者似的下了车，仍然沉湎于梦幻中，周围的世界已暮色朦胧，我魂不守舍，茫然若失，几乎连从灯火辉煌的大厅里飘来的音乐声也没听到。

两位先生，奥德兰和某某——谁记得住那么多名字——在车门口迎接我们。他们两人分别是堂姐和绿蒂的舞伴，他们各自挽着一位姑娘，我也领着自己的舞伴走上台阶。

我们跳起了小步舞，一对对旋转着；我一个个请姑娘们跳，可是恰恰是那些最不惹人喜欢的姑娘偏偏不及时向你伸出手来，做出结束的表示。[2]绿蒂和她的舞伴开始跳英国舞[3]了。轮到她来跟我们一起跳出图形时，我心里那份惬意呀，你是会感觉到的。你一定得看看她的舞姿！你看，她跳得多么投入，她的全部身心都融入了舞蹈，她的整个身体非常和谐，她是那么逍

---

① 对舞，男女成对跳的一种舞蹈，源于英国乡村舞，起初采取村舞的纵向队形，男女各排成一行，每对男女舞至队首，作双人舞后让位于下一对。后来欧洲大陆的对舞又采取了村舞的方队形，所以又称方舞或方形舞。由舞蹈者的精心合作，可以跳出种种几何图形来。

② 小步舞，一种古老的法国对舞，在当时德国社交圈里还不太普及，有的人对它还不熟悉，因此维特抱怨某些女士在该结束时还不伸出手来做出结束的表示，放走她的舞伴。

③ 英国舞，即前面提到的英国对舞。

遥自在，那么飘逸潇洒，仿佛跳舞就是一切，除此之外她别无所想，别无所感；此刻，在她眼前其他一切都消失了。

我请她跳第二轮对舞；她答应同我跳第三轮，她以世界上最真诚的态度对我说，她最喜欢跳德国舞①。——“跳德国舞时，原来的每对舞伴都要在一起跳，这是这里的习惯，”她接着说，“我的舞伴华尔兹跳得不好，倘若我免去他跳华尔兹，他会感谢我的。与您配对的那位姑娘也不会跳，而且也不喜欢，我看见您跳英国舞时旋转得很好；要是您愿意同我跳德国舞，您就到我的舞伴那儿去征得他的同意，我也去跟您的舞伴打个招呼。”——我随即握住她的手，我们商定，跳华尔兹的时候让她的舞伴去同我的舞伴聊天。

开始跳华尔兹了；我们用种种方式互相勾着手臂，好一阵子我们心里都乐不可支。她的动作多么迷人，多么轻盈！因为我们刚兴起跳华尔兹，而对对舞伴旋转起来又快如流星，所以会跳的人很少，开始时当然有点乱。我们很聪明，先让别人跳个够，等到那些跳得最笨拙的退出舞池，腾出了地方，我们便立即进去翩然起舞，并且同另外一对——奥德兰和他的舞伴一起勇敢地坚持到最后。我从未感到如此怡然轻快过，我已飘飘欲仙了。臂中拥着个最可爱的造物，带着她像清风一样四处飞舞，周围的一切全都消失了，而且，——威廉呀，说实话，我暗暗起誓：除我之外，永远也不让这位我心爱的、我渴望得到的姑娘同别人跳华尔兹，即使为此走向毁灭，我也认了。你是理解我的！

我们在厅里缓缓转了几圈，好喘口气。后来她便坐下，我把剩下不多的几个我特地放在一边的甜橙拿来，绿蒂非常高兴，只不过她出于礼貌，不时把切好的橙子一片片递给邻座的姑娘，而那位则毫不客气地一一受用，她每给她一片，我心里就像是被扎了一针。

---

① 德国舞，指华尔兹舞，最初出现时因其多旋转，男女搂抱而舞，曾使高雅的社交界感到震惊。这种舞蹈形式，使男女舞者能得到最充分的自由发挥，所以绿蒂最爱跳华尔兹。

跳第三轮英国舞时，我们是第二对。我们跳着穿过队列，我挽着她的胳膊，盯着她那双明眸，那双极其率真地表露出最坦诚、最纯洁的欢快的明眸，上帝知道，我心里是多么狂喜。我们来到一位女子身边，我发现，她的脸已经不再年轻了，但表情却脉脉含情，所以引起了我的注意。她笑盈盈地望着绿蒂，恫吓性地竖起一个指头，在飞快地舞着走开的时候，意味深长地两次提了阿尔贝特这个名字。

"恕我冒昧，请问阿尔贝特是谁?"我对绿蒂说。——她正要回答，这时恰好要组成"8"字图形，所以我们不得不分开。我们彼此交叉而过时，我发觉她额头上流露出沉思的神情。——"这我不想瞒您，"她说，同时伸出手来让我牵着加入到全体舞会参加者一起的列队行进之中，"阿尔贝特是个好人，我与他可以说是已经订婚了。"

这事对我来说并不是什么新闻，两位姑娘路上就告诉我了；但是此前我并没有把这消息同她联系起来，经过方才短时间的接触，她在我心中已经变得无比宝贵，现在再一想，这消息又完全是新的了。够了，我方寸已乱，魂不守舍，结果插到另一对舞伴中去了，顿时队形陷于一片混乱，多亏绿蒂沉着镇定，将我连拉带拽，才使秩序迅速得以恢复。

舞会尚未结束，闪电越来越强烈，我们本来早就看见天际在打闪了，但我一直说是没有雷声的打闪，可是现在呢，雷声已将音乐声淹没了。三位姑娘从队列中跑了出来，男士紧随其后；秩序全乱了，音乐也戛然而止。人们在尽情欢乐时突然被不幸或什么可怕的东西所惊吓，那它给人的印象定比平时更为强烈，这是很自然的。其原因，一是两相对照，给人的感触特别深刻；二是，也是更主要的，我们的感官正处于亢奋的敏感状态，对于印象的接受也就更快。我想一定是由于这些原因，所以我看到好些姑娘吓得花容骤变。最聪明的那个坐在角落里，背对窗户，双手捂住耳朵。另一个跪在她跟前，脑袋埋在她怀里。还有一个挤进她俩中间，珠泪盈盈地搂着她的女友。

有的要回家;另一些则更是一筹莫展,人人都战战兢兢地在向上苍祈祷,完全失去了自持力,连对我们年轻人的胆大妄为也驾驭不住了,于是这帮爱占姑娘便宜的小伙子就乘机放肆起来,纷纷从这些备受折磨的美人儿的嘴唇上去抢得她们的祷告。有的男士已到下面去安安静静抽烟了;其余的人都不反对女主人想出的聪明主意,任她把我们安排到一间有百叶窗和窗帘的房间。刚一进去,绿蒂就赶忙把椅子围成一个圆圈,请大家坐下,建议来玩游戏。

有的人希望能赢得一个美美的吻,我看见他们都把嘴噘成了喇叭状,伸胳膊伸腿地做好了接吻的准备。

"我们来玩数数!"绿蒂说。"请注意!我挨着圈子从右往左走,你们则按顺序往下报数,每人喊出自己轮到的数字,还要报得快,就像野火蔓延一样,谁要是结结巴巴,或者报错了数,他就得吃一记耳光,一直数到一千为止。"

这下可热闹了:绿蒂伸出胳膊,顺着圈子转。第一个喊了"一",旁边的报"二",下一个喊"三",挨次往下报数。此后她的步伐加快,而且越来越快;这时有位报错了数:啪!一记响亮的耳光。下一个在哈哈大笑,啪的一声也吃了一个。绿蒂又加快了速度。我自己也挨了两下,我发现,她给我的两记耳光比给别人的重,我暗自心喜!一千还没数完,屋里早就笑声震耳,大家乐得前俯后仰,这个游戏也只得收场。知己朋友互相凑在一起,走到一边。这时雷雨已经过去,我随绿蒂回到大厅,路上她说:"挨了耳光,他们把雷雨以及别的一切统统都忘了!"——我没有什么话来回答她。——"我的胆子最小,"她接着说,"我装作不怕的样子,以鼓起别人的勇气,结果我自己也真的变得胆大了。"——

我们走到窗前。隆隆的雷声在远方滚动,大雨哗哗地落在大地上,腾起一股沁人心脾的芳香,它随温暖的空气朝我们飘来。绿蒂用胳膊肘支撑在窗台上，凝视窗外的原野，她望望天空，又望望我，我看到她眸子里噙着盈盈泪水，她把手放在我的手上，说："克洛普施托克！"——我立即想起此刻正萦绕在她心里的那首壮丽的颂歌①，她提起这个名字时，情感的洪流朝我倾泻而下，将我完全淹没。我忍不住俯在她手上，眼含喜悦的泪水吻着它。随后我又凝视她的眼睛——高尚的人呀②，倘若你在她的眼光中见到了对你的崇拜，那么我再也不想从那班凡夫俗子嘴里听到你那常遭亵渎的名字了！

六月十九日

上次信上讲到哪儿，我已记不清了，但我记得，我上床时已是深夜两点了，假如不是写信，而是跟你当面神聊，也许我会一直让你待到天明的。

从舞会返回途中的那些事，我还没谈，今天也没时间来说。那天的日出真是壮丽极了！周围的树林滴着晶莹的露珠，田野清新，显得生机盎然。我们的女伴打起盹来了。绿蒂问我，要不要也和那两位一样假寐片刻，她还让我随便一点，不用管她。

---

① 指德国杰出的诗人克洛普施托克（1724—1803）的颂歌《春的庆典》（1759；又译《春祭颂歌》），诗中歌颂包含整个宇宙在内的自然，语言庄严、明快。诗的最后两节描绘了暴雨过后的情景：

啊，惠雨哗哗地、
哗哗地洒落在天地之间。
干渴的大地已经气爽神清，
天空已倾倒了赐福的甘霖。

看，耶和华不再来自暴雨中，
耶和华来了，来自
静谧、柔和的潺潺声中，
在他底下已架起一条和平的彩虹！

② 指克洛普施托克。他的诗歌对德国狂飙突进时期的诗人影响很大，长诗《救世主》（1748—1773）是他的代表作。

“只要我看见你这双眼睛睁着，”我说，同时紧紧盯着她，“就绝不会犯困。”——于是我们两人就一直坚持到她家门口。这时女仆为她轻轻地开了门，绿蒂问起父亲和弟妹们，女仆说，他们都很好，还都睡着呢。同她告别时，我请求她允许我当天再去看她；得到她的首肯，我也就走了。

从这时起，日月星辰任其悄悄地又升又落，我却不知白天和黑夜，我周围的整个世界都消失了。

六月二十一日

日子过得真幸福，简直可以同上帝留给他那些圣徒的日子相媲美；无论将来我的命运会怎样，我都不会说，我不曾消受过欢乐，不曾消受过最纯洁的生之欢乐。——我的瓦尔海姆你是知道的，我就在这儿住下了，此地到绿蒂那儿只消半小时，在那儿我感觉到了我自己，体验了人生的一切幸福。

当初我在选择瓦尔海姆为散步的目的地时，何曾想到，它离天堂只有一步之遥！此前我在长距离漫游途中，有时从山上，有时从平原上曾多少次看过河对岸的那座猎庄啊，如今它蕴蓄着我的全部心愿！

亲爱的威廉，我思绪万千，想到人有闯荡世界、搞新发明，以及遨游四方等种种欲望，也想过人身上的本能，甘心情愿地局限在狭小的天地里，按常规行事，对周围事物也不去操那份闲心。

真是妙极了：我来到这里，从山丘上眺望美丽的山谷，周围的景色真让我着迷。——那是小树林！——你当可以到树荫下去小憩！——那是山峦之巅！——你当可以从那里眺望辽阔的原野！——那是连绵不断的山丘和一个个可爱的山谷！——但愿我在那里留连忘返！——我急忙赶去，去而复返，我所希冀的，全没有发现。哦，对远方的希冀犹如对未来的憧憬！一个巨大、朦胧的东西笼罩着我们的心灵，我们的感觉犹如我们的眼睛，在朦胧里变得模糊一片，啊，我们渴望奉献出整个身心，让那唯一伟大而美好的感情所获得的种种欢乐来充实我们的心灵。——啊，倘若我们急忙赶去，倘若“那儿”变成“这儿”，那么这一切又将依然照旧，我们依然贫穷，依然受着束缚，我们的灵魂依然渴望吸吮那业已弥散的甘露。

于是，连那最不安分的漂泊异乡的浪子最终也重新眷恋故土了，并在自己的小屋里，在妻子的怀里，在孩子们中间，在为维持全家生计的操劳中找到了他在广阔的世界上未曾找到的欢乐。

清晨，我随初升的朝阳到我的瓦尔海姆去，在那儿的菜园里亲手采摘豌豆，坐下来撕豆荚上的筋，这当间再读读我的荷马；然后我在小小的厨房里挑一只锅，挖一块黄油，同豆荚一起放进锅里，盖上锅盖，置于火上煮烧，自己则坐在一边，不时在锅里搅和几下；每当这时，我的脑海里便栩栩如生地浮现出佩涅洛佩[①]的那些忘乎所以的求婚者杀猪宰牛、剔骨煨炖的情景。[②]这时充盈在我心头的那种宁静、真实的感觉正是这种宗法社会的生活特色，我呢，感谢上帝，我可以把这种生活特色自然而然地融进自己的生活方式里去。

我好高兴呀，我的心能感受到一个人将他自己栽培的卷心菜端上餐桌时的那份朴素无邪的欢乐，而且不仅仅是卷心菜，得以品味的还有那些美好的日子，他栽种菜苗的那个美丽的清晨，他洒水浇灌的那些可爱的黄昏，——所有这些，他在一瞬间又重新加以享受，因为他曾为其不断生长而感到快乐。

---

① 佩涅洛佩，荷马史诗《奥德赛》中主人公奥德修斯的妻子，她在丈夫征战特洛伊和归途中在海上漂泊的漫长岁月里，面对无数求婚者始终忠贞不渝。

② “忘乎所以的求婚者”喻指《奥德赛》中第二十歌的情景，歌中叙述奥德修斯漂泊未归，佩涅洛佩的众多的求婚者便在奥德修斯家里杀猪宰牛，大摆筵席的情景。

六月二十九日

前天，大夫从城里来看望法官，他发现我和绿蒂的弟妹们一起在地上玩，有几个在我身上爬来爬去，有的在逗弄我，我则搔他们的痒痒，弄得他们大叫大嚷。这位大夫是个非常刻板的木偶人，说话的时候老要理理袖口上的褶皱，没完没了地扯着他的绉领。我从他的鼻子上看出，他准认为我的举动有失聪明人的尊严。我才不吃这一套，让他去大发宏论好了。原先用纸牌搭的房子已被孩子们拆散，我又重新为他们搭了几座。此大夫回城以后就四处发泄他的不满，说法官家的孩子本来就缺少教养，现在维特又把他们全给毁了。

是啊，亲爱的威廉，在这个世界上同我的心挨得最近的便是孩子。我从旁观察，在小事情上看到了他们将来所需要的品德和力量的萌芽；在他们的执拗中看出他们未来性格的坚定和刚毅，在他们的任性中看出未来化解世道险阻的幽默豁达和洒脱风度，而这一切又是如此纯洁，点污未沾！——于是我不断地、不断地回味人类导师的金玉良言："你们若不回转，变成小孩子的样式……"[①]现在，我的挚友，孩子是同我们一样的人，我们本应以他们为榜样，然而我们却待他们如奴隶，不许他们有自己的意志！——难道我们没有自己的意志吗？我们的特权哪儿来的？——就因为我们年纪大些，聪明些！——天国中仁慈的上帝呀，年纪大的和年纪轻的孩子全都在你眼里，别无其他；至于你更喜欢哪一种孩子，你的儿子[②]早已有昭示。可是他们信

---

① 语出《圣经》：耶稣的门徒问耶稣，天国里谁最大。耶稣叫来一个小孩，让他站在他的门徒当中说："我实在告诉你们，你们若不回转，变成小孩子的样式，断不得进天国。所以凡自己谦卑像这小孩子的，他在天国里就是最大的。"见《圣经·新约全书》中《马太福音》18:1—4。

② 喻指耶稣基督。基督教认为，耶稣是上帝的儿子。

仰他，却不听他的话，——这也是老问题了！——他们全都按照他们自己的模式来培养孩子。——再见，威廉！关于这些我不想继续饶舌了。

七月一日

我从自己这颗可怜的心，这颗比某些缠绵病榻的人更受煎熬的心感受到，对一个病人来说，绿蒂有多重要。她将要来城里几天，陪伴一位束身自好的夫人。据大夫说，这位夫人大限已近，在她生命的最后时刻想要绿蒂待在身边。上星期我同绿蒂一起去看望圣某地的一位牧师。那是个小村子，在旁边的山里，有一小时路程。我们是四点左右去的。绿蒂带了她的二妹妹。牧师的院子里有两棵高大的胡桃树，浓荫遮地。我们到那儿的时候，这位善良的老人正坐在门口的长凳上，他一见绿蒂，便变得精神焕发，竟忘了拄节疤手杖就站了起来，迎上前去。绿蒂赶忙跑去，把他按在凳上，她自己也在他身边坐下，转达她父亲的问候，又抱起老人的宠儿，那个又淘气又脏的最小的男孩来亲吻。你真该看看她对这位老人关怀备至的情景。她提高嗓音，好让他半聋的耳朵听得见。她告诉他，几位身强力壮的年轻人竟意外地死了；她又说起卡尔斯巴德温泉的疗效很好，并称赞老人来年夏天要去那儿的决定；她还说，他的气色好多了，比上次见他的时候精神多了。——这当间我极有礼貌地问候了牧师夫人。老人兴致勃勃，胡桃树的绿荫遮盖着我们，真令人欣喜，以致我不由得夸赞起来。这下打开了老人的话匣子，虽然说起话来有些吃力，但他还是讲了这两棵树的故事。

“那棵老的，”他说，“我们不知道是谁种的，有人说是这位，有人说是那位牧师。这后面那棵小一点的和我夫人同年，到十月就满五十了。她父亲早晨栽上这棵树，傍晚她就出生了。他是我的前任，这棵树在他心目中显得无比珍贵，在我心目中当然也丝毫不差。二十七年前我还是个穷大学生，第一次来到这院子时，我夫人正坐在树底下的一根木料上织东西。”

绿蒂问起他女儿，他说，她同施密特先生到牧草地上工人那儿去了。接着，老人又继续说道：他的前任及其女儿很喜欢他，他先是担任老牧师的副手，后来就接了他的班。他的故事刚讲完，他女儿就同施密特先生从花园里走来了。姑娘亲切、热情地对绿蒂表示欢迎，说实话，我对她的印象不错。这位褐发姑娘动作敏捷，身体健美，一个暂居乡间的人，同她在一起是很惬意的。她的情人（施密特先生马上就表明了这个身份）是个文雅、但寡言少语的人，尽管绿蒂一再同他搭话，他仍旧不愿加入我们的谈话。最使我扫兴的是，我从他的面部表情看出，他之所以不爱说话，并不是由于智力贫乏，而是因为生性固执和脾气怪僻。这一点随后就表现得一清二楚了：散步的时候，弗丽德莉克同绿蒂，有时也同我走在一起，这位先生的脸本来就是黑黑的，一下便显得格外阴沉，以致绿蒂马上就扯扯我的袖子，提醒我别对弗丽德莉克太殷勤。我生平最讨厌的莫过于人与人之间相互折磨，尤其是风华正茂的年轻人，他们本可以胸怀坦荡地尽情欢乐，可是他们却彼此板起面孔，把不多几天好日子都糟蹋掉，等意识到浪费的光阴无法弥补时，已经太晚了。想到这些，我心里感到十分恼火，因此，当我们傍晚时分回到牧师的院子里，坐在桌旁喝牛奶，谈起人世间的欢乐与痛苦时，我便忍不住接过话茬，真心实意地对坏脾气问题发了一通议论。

“我们人呵，”我开始说，“常常抱怨好日子这么少，坏日子这么多，我觉得，这种抱怨多半没有道理。倘若我们豁达大度，尽情享受上帝每天赐给我们的幸福，那么，如果遭到什么不幸，我们也就会有足够的力量去承受。”

“可是我们无力驾驭自己的情绪呀，”牧师夫人说，“这与我们的身体状况关系很大！一个人要是身体不舒服，他就会觉得处处不对劲。”

我同意她的说法。——“那么就把坏脾气看作一种病吧，”我接着说，“我们得问一问，有没有办法治呢？”

“这话说得对，”绿蒂说，“至少我相信，这在很大程度上要取决于我们自己。我自己就有切身体会。我要是受到别人取笑，正当气头上，那我就会一跃而起，到花园里去唱几支乡村舞曲，来回走一走，烦恼就全消了。”

“这正是我要说的，”我说，“坏脾气同懒惰完全一样，它本来就是一种懒惰。我们的天性就有此种倾向，可是，只要我们一旦有了振奋精神的力量，我们工作起来就会得心应手，并在工作中得到真正的快乐。”

弗丽德莉克凝神专注地听着，但那位年轻人却不同意我的意见，他反驳道，我们并不能主宰自己，尤其是无法控制自己的感情。

“我们这里谈的是关于不愉快的感情问题，”我说，“这种感情是人人都想摆脱的；要是不试一试，谁也不知道自己到底有多大力量。当然，要是病了，就会到处求医，为了恢复健康，最严的戒忌，最苦的药他也不会拒绝。”——我注意到，那位真诚的老人也在费劲地听着，以便参加我们的讨论。于是我便提高嗓门，把话题转向他。“牧师布道时谴责各种罪恶，”我说，“但是我还从未听到有谁从布道席上谴责过坏脾气。”①

“这事该由城里的牧师来做，”老人说，“农民没有怪脾气；不过偶尔有点儿倒也无妨，至少对他夫人以及法官先生是个教训。”

听了他的话，我们全都哈哈大笑，他也会心地笑了，直笑得咳嗽起来，我们的讨论才暂时中断。随后，这位年轻人又开口了：“您说坏脾气是一种罪恶；我觉得，这种说法过分了。”

---

① 关于这个问题，我们听过拉瓦特神父的一次出色的布道，其中曾谈到《约拿书》。——作者原注

拉瓦特（1741—1806），瑞士神学家和哲学家，作者原注中提到的那次布道，系指拉瓦特所作的题为《克服不满和坏脾气的办法》的布道文，发表在《有关〈约拿书〉的布道文》一书（苏黎世，1773）的第二部分。约拿是十二个小先知之一。关于上帝惩戒他的坏脾气的故事见《圣经·旧约全书》中的《约拿书》。拉瓦特的布道文中包含着一些当时还很新的心理学见解，对歌德很有吸引力。在创作《维特》时期，歌德很推崇拉瓦特的文章。

“绝不过分，”我回答，“坏脾气既害自己，又害亲人，所以称它为罪恶是恰当的。我们不能使彼此幸福，难道这还不够，还非得互相抢夺各自心里间或所得到的那点快乐不成？请您告诉我，有没有这样的人，他脾气很坏，却能将坏脾气藏于心中独自承受，而不破坏周围的快乐气氛？或者这样说吧，所谓坏脾气正是我们因自己身份卑微而内心感到沮丧以及对我们自己感到不满的表现，而这种不满又总是同被愚蠢的虚荣心煽动起来的妒忌联系在一起的。我们看到人家幸福，而我们却偏要让他们不幸，这是最让人不能忍受的。”

绿蒂见我说话时神情激动，便朝我微微一笑，可是弗丽德莉克眼噙泪水，鼓励我继续说下去。

“有的人控制着别人的心，”我说，“于是他便利用这个权力去掠夺别人心里自动萌发的单纯的快乐，这种人呀，真是可恨！世上任何馈赠和美意都无法补偿我们自身片刻的欢乐，无法补偿我们被暴君窘困的妒忌心所败坏的片刻的欢乐。”

此刻，我的心里充满了万千思绪和感慨；记忆起来的多少往事纷纷涌入我的灵魂，我眼里不禁流出了泪水。

我大声说道：“但愿我们天天对自己说：你能为朋友所做的最好的事情，莫过于让他们获得快乐，使他们更幸福，并同他们一起分享。倘若他们的灵魂为一种令人担忧的激情所折磨，为苦闷所纷扰，你能不能给予他们一丁点慰藉？

“倘若你曾葬送了一位姑娘的青春年华，而她后来得了最可怕的致命的疾病，奄奄一息地躺着，眼望天空，不省人事，惨白的额头上直冒虚汗，而这时你像个被诅咒的人站在她的床前，心里感到，你即使竭尽所能，也已无济于事，恐惧撕裂了你的心肺，只要能给这位行将命赴黄泉的姑娘注入一滴力量，一星勇气，即使付出一切，你也在所不惜。”

说着，我自己经历过的一个类似情景猛然闯入我的记忆。我掏出手帕来掩着眼睛，离开了他们，只是听到绿蒂喊我走的声音才清醒过来。路上她责备我对什么事都那么投入，这样会毁了自己的！她要我爱惜自己！——呵，天使！为了你，我必须活着！

七月六日

她还一直在照看她生命垂危的女友，她始终是个殷勤、可爱的姑娘，精心服侍女友，始终如一；她的目光到哪里，哪里的痛苦便会减轻，哪里便会洋溢着欢快的气氛。昨晚她同玛丽安娜和小玛尔荦①出去散步，我知道后就追了去，同她们一起漫步。走了一个半小时的路，我们才反身往城里走。到了那口水井边，那口对我十分珍贵，如今更是千万倍地珍贵的水井边，绿蒂就在井台上坐下，我们则站在她面前。我环视四周，啊，那时我的心是如此孤单，这情景此刻又浮现在我的眼前。——"亲爱的水井，"我说，"打那以后我再没来这里歇憩，享受你的清凉，往往匆匆而过，有时竟来不及看看你。"——我朝下望去，看见玛尔荦正端着一杯水小心谨慎地走上来。——我望着绿蒂，感觉到我对她所怀的全部情愫。这时玛尔荦端着杯子来了。玛丽安娜想接下她的杯子。"不用！"小姑娘嚷道，声音甜美极了，"不用，绿蒂姐姐，该你先喝！"——她说出这样的真情和美意令我欣喜若狂，以致我无法表达我的感情，当即就从地上抱起小姑娘，热烈地吻她，弄得她立即叫喊起来，并且哭了。

"你太唐突了。"绿蒂说。——我呆在一边，不知所措。——"来，玛尔荦，"绿蒂一边说，一边拉着妹妹的手，领着她走下台阶，"快用干净的泉水

① 玛丽安娜，绿蒂的女友；玛尔荦，绿蒂的妹妹。

洗一洗,快,不要紧的。”

我站在那里,看着小姑娘手里捧着水一个劲儿地往脸颊上擦,她深信这神奇的泉水可以冲洗一切污秽,还可避免长出难看的胡子来,丢人现眼。[1]我听见绿蒂说:“行了!”可是小姑娘还在使劲地洗,仿佛多洗总比少洗好。——告诉你,威廉,我以往参加洗礼还从未怀着那么大的虔诚呢;绿蒂上来的时候,我真想拜伏在她面前,就像拜伏在为民族解脱罪愆的先知跟前一样。

晚上,心里一高兴,便忍不住把白天的事对一个人讲了,此人通情达理,我原以为他是很有人性的,但是我却碰了个钉子!他说,这事绿蒂做得不像话,不该让小孩子搞这一套;她这么做会引出各种谬误和迷信来的,我们应该让孩子从小就不受这种不好的影响。——此时我才想起,此公八天前才接受洗礼,因此这事就不与他计较了。不过我心里始终坚信这个真理:我们对待孩子应像上帝对待我们一样,上帝给予我们的最大幸福,就是让我们在愉悦的幻觉中有种飘然若仙之感。

七月八日

我真是个孩子!竟渴望着别人的一瞥!我真是个孩子!——我们到瓦尔海姆去了。姑娘们是坐马车去的,散步时我深信,在绿蒂乌黑的眸子里……——我是笨伯,原谅我吧!你真该见见她这双眼睛。——我想写得简短些,我困得眼睛都睁不开了。瞧,姑娘们都上车了,但青年W、泽尔施塔特、奥德兰和我还在马车旁站着。这时姑娘们都从车门里探出头来,跟小伙子们闲聊。小伙子当然个个都心情愉快,举止轻浮。——我竭力寻找绿蒂

① 当时的传说,认为处女被青年男子吻过后,嘴上便会长出胡子来。

的眼睛;啊,她的眼睛看看这个,又望望那个!看我呀!看我呀!看我呀!此刻我的全部心思都陶醉在她的目光里,可它却偏偏不落在我身上!——我心里向她说了千百次再见!而她却一眼都不看我!马车驶走了,我眼含泪水。我的目光跟随着她,看见车门口露出绿蒂的头饰,她转过头来,在张望,啊,是看我吗?——亲爱的!我没有把握,我的心飘忽不定。也许她是回过头来看我的!——那是我的慰藉。也许!——晚安!哦,我真是个孩子!

七月十日

每当聚会时有人谈到她,我表现的那副傻乎乎的滑稽相,你真该见识见识!要是别人问我喜不喜欢她——喜欢!我真恨死这个词了。一个人如果喜欢绿蒂,但对她又不是付出全部身心、全部感情,那他成了什么人!喜欢!最近有个人问我,喜不喜欢莪相①!

七月十一日

M 夫人病得很重;我分担着绿蒂的痛苦,为 M 夫人的生命祈祷。我很

---

① 莪相,古代爱尔兰说唱诗人。1762 年,苏格兰诗人麦克菲森(1736—1796)声称"发现"了莪相的诗。他假托从 3 世纪盖尔语的原文翻译了《芬戈尔》和《帖木拉》两部史诗,并先后出版,于是这些所谓"莪相"的诗篇便传遍整个欧洲,对早期浪漫主义运动产生了重要影响。这些作品虽有部分是根据盖尔语民谣写成的,但大部分实际上是麦克菲森自己的创作。关于"莪相"诗篇真伪问题一直是批评家研究的一个课题,直到 19 世纪末,研究证明,麦克菲森制作的不规则的盖尔语原文只不过是他自己英文作品的不规则的盖尔语的译作。至此,关于莪相的争论才得以解决。学术界一致认为,被浪漫化了的史诗《莪相集》并非真正的莪相作品,而于 16 世纪前期整理出版的《莪相民谣集》才是真正的爱尔兰盖尔语抒情诗和叙事诗。歌德当时读到的莪相的诗是麦克菲森的创作,不能与真正的莪相诗篇《莪相民谣集》相混淆。

难得在一位女友家见到绿蒂，今天她给我讲了一件奇怪的事：

M 老人是个嗜钱如命、贪婪透顶的吝啬鬼，他夫人这一辈子在他的管束之下可说是受尽折磨，可是她总能想出办法来对付他。几天前大夫说她的病治不好了，她就把丈夫叫到跟前（绿蒂正在房里），对他说了这番话："我得向你坦白一件事，要不然我死后可能会搅和不清，惹出麻烦来的。直至今日，家务一直是我操持的，我尽力做得有条不紊，省吃俭用；不过你要原谅我，三十年来我一直瞒着你。我们新婚之初，你给家里的伙食及其他开支所规定的钱只有一点点。后来我们家业大了，开销多了，你却始终不听劝说，给我相应增加每星期的费用；简单地说，你自己也知道，即使家里开销最大的时候，你还要求我每星期只能花七个古尔盾。我未提出异议，接受了你的要求，每星期超支部分，我便从营业收入中拿出钱来填补，因为谁也不会怀疑，女主人会偷自家的钱。我一个钱也没乱花，我死后，来管家的女人面对这一点儿钱她会感到束手无策，不知如何是好，而你却还一口咬定，你的第一任妻子就是拿这点儿钱应付家庭开支的；要不是考虑到这一层，我即使不坦白，在九泉之下也问心无愧。"

我和绿蒂议论着，这 M 老人明知家里每月开销增加了两倍以上，七个古尔盾是怎么也不够的，而他却从不怀疑其中定有蹊跷，人的理智痴愚到了何种程度，简直不可思议。不过我也认识一些另一个类型的人，他们挥霍无度，以为家里接受了先知的那只盛有取之不尽的油的瓶子①，而丝毫不觉得诧异。

---

① "盛有取之不尽的油的瓶子"，典出《圣经》故事：先知以利亚奉上帝之命客居一寡妇家，问主人要饼吃。但寡妇坛内只有一把面，瓶里只有一点油，她和儿子自己要做饼吃。以利亚叫她不必怕，只要先做一个小饼给他，然后再为她自己和儿子做饼，并说："耶和华以色列的上帝如此说，坛内的面必不减少，瓶里的油必不缺短。"见《圣经·旧约全书》中《列王纪》（上）17:12—16。

七月十三日

不,我不欺骗自己!我从她乌黑的眸子里看出她对我以及我的命运的关心。是的,我感觉到,这点我可以相信我的心,我感觉到,她爱我!——哦,我可以,我能够用这句话来表达我的无上幸福吗?

她爱我!——我感到自己多么珍贵,自她爱我以来,我是多么——我可以告诉你,因为你对此是理解的——我是多么崇拜自己啊!

这是异想天开呢,还是对真实情况的感受?——我不认识那个人,但我担心绿蒂会把心给予他。确实,每逢她谈起她的未婚夫,她那么深情、那么爱恋地谈起他时,我便感到自己像是一个被剥夺了一切荣誉和尊严的人,连佩剑也被夺走了。

七月十六日

每当我的手指无意间触着她的手指,我们的脚在桌底下相碰的时候,啊,热血便在我全身奔涌!我像碰了火似的立即缩回,但是一种隐蔽的力量又在拉我往前。——我所有的感官都晕晕乎乎的,像腾云驾雾一样。——哦,她纯洁无邪,她的灵魂无拘无束,全然感觉不到这些细小的亲密举动使我受到多大的折磨。当她谈话时把手搁在我的手上,为谈话方便起见,身子挪得挨我很近,她嘴里呼出的美妙绝伦的馨香可以送到我的唇上,这时我就像挨了电击,身体都要往下塌了。——威廉呀,假如有朝一日我胆大包天,敢于进入这天堂,亲密无间!……你理解我。不,我的心并不如此堕落!软弱!够软弱的!——这难道不是堕落?——

在我心目中,她是神圣的。在她面前,一切欲念都沉寂了。在她身边的时候，我始终弄不明白自己是怎么回事，似乎我已经神魂颠倒了。她有一支曲子，这是她以天使之力在钢琴上弹奏出来的，那么纯朴，那么才气横溢！这是她心爱的歌，她只要奏出第一个音符，困扰我的一切痛苦、紊乱和郁闷就统统无影无踪了。

说音乐具有古代魔力①，我觉得是千真万确的。这首简单的歌令我多么感动！她弹奏这首歌曲的时机掌握得很好，往往在我恨不得一颗子弹射穿自己脑袋时，曲子奏响了！于是我灵魂中的迷惘和阴暗情绪便随之烟消云散，我又可以更加自由地呼吸了。

七月十八日

威廉呀，假如世上没有爱情，这世界对我们的心灵有何意义！没有光，一盏魔灯又有何用！你把小灯一拿进来，洁白的墙上便会映现出色彩缤纷的图像！即使这些图像只不过是转瞬即逝的幻影，但如果我们像小青年似的站在这些图像之前，为这些奇妙的现象所迷醉，它们也总会使我们快乐的。今天有个聚会我不得不参加，所以不能到绿蒂那儿去。怎么办呢？我派我的仆人去，好使我身边有个今天到过她跟前的人。我等着他，心情多么焦急，重新见到他，心里又是多么高兴！要不是感到害臊，我真想抱住他的头来亲吻一番。

人们常说起博洛尼亚石②，说是把它置于阳光之下，它便吸收阳光，到了夜间便会发一会儿光。对我来说，这仆人就是这种石头。她的目光曾在

① 从古代直到巴洛克时期，欧洲流行一种说法，认为音乐对于人和动物都具有神奇的作用。《圣经》、希腊神话和许多文学作品中都有很多印证这种说法的故事。

② 博洛尼亚石，一种在黑暗中能发光的石头。1603 年被意大利炼金术士在意大利博洛尼亚附近的山上发现。

他脸上、面颊上、上衣纽扣以及外套领子上停留过,因此我感到这一切也变得如此神圣,如此珍贵!此刻即使有人出一千塔勒,我也不会把这小伙子让出去。有他在跟前,我心里就感到非常舒坦。——上帝保佑,你可不要笑我。威廉,能使我心里感到舒畅的东西,那会是幻影吗?

七月十九日

"我将要见到她了!"早上醒来,我愉快地望着美丽的太阳喊道,"我将要见到她了!"一整天我再也不想干别的。一切,一切都交织在这个期望中了。

七月二十日

你要我随公使到某地去,这个想法我还不愿苟同。我这个人不大喜欢听人差遣,再说,众所周知,此公是个很讨厌的人。你说,我母亲很希望我找个事干,这真使我感到好笑。我现在不也在干事吗?不论数的是豌豆还是扁豆,从根本上说还不是一回事?世上的事归根到底还不统统是毫无价值的鸡毛蒜皮的小事?如果一个人只是为了别人去拼命追名逐利,而没有他自己的激情,没有他自己的需求,那么,此人便是傻瓜。

七月二十四日

你叫我不要把绘画荒疏了,承蒙你把这事放在心上,但是我想,宁肯压根儿不谈此事,也比告诉你这段时间我很少作画好。

我从来还未曾如此快乐,我对大自然的感觉,乃至对于一颗小石子,对于地上的一棵小草的感觉也从来未曾如此充实,如此亲切,然而——我不知道该如何表达,我的想象力如此薄弱,在我的心灵之前一切都在晃悠飘忽,我竟不能将轮廓捕捉;但是我异想天开,我若有黏土或蜡在手,兴许就要用它塑造些东西来。倘若黏土保存的时间长了,那我就要将它取来揉捏,即使捏成一块饼也好!

绿蒂的肖像我动手画了三次,三次都出了丑;我为此十分苦恼,因为不久前我还是画得惟妙惟肖的。后来我就为她剪了一幅剪影,以此聊以自慰。

七月二十六日

是的,亲爱的绿蒂,一切我都愿意为您操办和料理;您常给我任务吧,多多益善! 对您我有一事相求: 请别再往您写给我的字条上撒沙子[①]。今天我把您的字条迅即按在嘴上,弄得牙齿吱吱直响。

七月二十六日

我已经下了几次决心,不那么频繁地去看她。可是怎能做得到呢! 我天天都受到诱惑,心里天天都许下神圣的诺言: 明天不去! 可是明天一到,我却又找个令人折服的理由,转瞬之间就到了她的身旁。要不就是她晚上说过:“您明天肯定来吧?”——这样说了,能不去吗? 要不就是她让我办了件事,我觉得亲自去给她个回音才合适;要不就是天气好极了,我就去瓦尔海姆,而到了那儿,离她就只有半小时路程了! ——我已处于她的氛围中,

① 以前没有吸墨水纸,一般都往写好的纸上撒些细沙,好使墨迹干得快些,以免把字迹抹掉。

弹指间就到那儿了。我祖母曾讲过磁石山的童话：行驶的船只如果挨磁石山太近，船上的所有铁质的东西就会一下子全被吸去，钉子纷纷朝山上飞去，船板块块散裂、解体，那些可怜人都将葬身大海。①

七月三十日

阿尔贝特回来了，我要走了；倘若他是最杰出、最高尚的人，无论哪方面我都要对他甘拜下风的话，那么我亲眼看见他具有那么多完美无缺的品德，怎能忍受得了。——占有！——够了。威廉呀，那位未婚夫在这里了！他是个英俊、可爱的人，令人不得不对他产生好感。幸好迎接他回来时我没在场！要不我的心都会撕裂的。他十分庄重，有我在场时，他还一次都未吻过绿蒂。愿上帝奖励他的行为！为了他对绿蒂的敬重，我也不得不喜欢他。他对我很友好，我猜想，这主要是绿蒂的功劳，而并非出自他自己的感情；在这方面女人很有办法，而且自有她们的道理；她们若是能使两个爱慕者彼此友好相处，坐收渔翁之利的总是她们，虽然这很难做到。

虽然如此，我仍不能不敬重阿尔贝特。他沉着的外表同我无法掩饰的骚动不安的性格形成十分鲜明的对照。他感情丰富，深知绿蒂的价值。看来他很少有脾气不好的时候，你知道，人身上的坏脾气是种罪过，这是我平生最恨的。

他认为我是个很有才智的人；我对绿蒂的依恋，她的一蹙一颦、举手投足所给予我的热切的快乐，都增加了他的胜利，因而他更爱她。至于他是否

---

① 关于磁石山的故事说，在大海里有座黑石山，又叫磁石山，有极大的吸力。有一次，一岛国的太子所率领的船队被风浪推到山下，受磁石的吸引，船上的钉子和金属物件全都飞上山去，船身渐渐支离、解体。船上的人落入海中，有的淹死，有的围着破船挣扎。故事见阿拉伯民间故事集《一千零一夜》中《脚夫和巴格达三个女人的故事》中第三个僧人的故事。这里歌德以磁石山和船只的故事隐喻绿蒂和维特的不幸结局。

有时因为小小的醋意使她苦恼过，眼下我还拿不准，至少，如果我处在他的位置上，在妒忌这个魔鬼面前是不会完全无动于衷的。

无论怎么说，总之我待在绿蒂身边的快乐已经结束了。我该把这叫作愚蠢还是迷惘？——管这些名称干吗！事情本身就说明问题了！——我现在所知道的一切，早在阿尔贝特回来之前就都知道了；我知道，我不能向她提出要求，也没有提出要求——就是说，尽管她柔情似水，我也不抱什么非分之想。——现在这个傻瓜只好干瞪着两只大眼，因为另一个人真的来了，从这傻瓜身边把姑娘夺走了。

我咬紧牙关，嘲笑自己的可怜，两倍、三倍地嘲笑那些要我死了这条心的人，他们说，事情已经无法改变了。——这些草人①，让他们见鬼去吧！——我在树林里东跑西颠了一阵，到了绿蒂那儿，可阿尔贝特正陪绿蒂坐在花园的凉亭里，我不能再往前走了，我傻话连篇，语无伦次，出尽了洋相。——"看在上帝的分上，"绿蒂今天对我说，"我请您别再像昨天晚上那样瞎闹了！当时你那么滑稽可笑，真是吓人。"——和你说句掏心话吧，我瞅准时机，阿尔贝特一有事，我便嗖的一下出了门，每当发现她独自一人时，我就喜不自胜。

八月八日

有些人要我们屈服于不可抗拒的命运，对这些人我给予了痛斥。亲爱的威廉，请你相信，我绝不是指你。我真的没有想到，你会有类似的意见。从根本上说，你是对的。只不过，我的挚友！世上的事能用"非此即彼"的套式来办的，真是微乎其微；感情和行为方式千差万别，就拿鹰钩鼻和狮子鼻之间的种种差异来说吧，真是林林总总，无以数计。

---

① 草人，此处指那些缺乏感情的人。

倘若我承认你的整个论点是正确的,却又想设法从“非此即彼”中间溜过去,你不会生我的气吧。

你说:要么你有希望得到绿蒂,要么就没有。好,如果是第一种情况,那就设法去实现希望,努力达成你的愿望;如是后一种情况,那就振作起精神,设法摆脱那可怜的、必定会耗掉你全部精力的感情。——我的挚友,你这话是出于好意,也说得很干脆。

可是,假如一个不幸的人正被日益恶化的疾病慢慢耗去生命而无法阻挡,你能要求他自己捅上一刀,一劳永逸地结束其痛苦吗?病魔消耗他的精力,不同时也摧毁了他自我解脱的勇气吗?

当然,你可以拿一个类似的比喻来回应:与其瞻前顾后,犹豫不决,拿自己的生命孤注一掷,还不如干脆截掉一只手臂!——我不知道!——我们还是别在比喻上兜圈子吧。够了。——是的,威廉,有时在一瞬间,我也有振作起来摆脱一切的勇气,现在,我只要知道该往何处去,我便往那儿去。

傍　晚

我已经有好些时候没有记日记了,今天我又拿起日记本,看到我竟是如此有意识地一步步陷于目前的处境,真是大吃一惊!我对自己的处境一直看得很清楚,可是我的行动却像个孩子;现在我对自己的处境仍是一目了然,可是境况并没有好转的迹象。

八月十日

我若不是傻瓜,我的生活本可以过得最好,最幸福。像我现在所处的环境,既优美,又让人心情愉快,这是不易多得的。啊,只有我的心才能创造自己的幸福,这话说得对。——我是这个可爱的家庭的一员,老人爱我如子,孩子爱我如父,绿蒂也爱我!——再就是诚实的阿尔贝特,他没有以阴阳怪气的态度和无礼的举止来扰乱我的幸福,他待我以亲切的友情,在他心目中,除了绿蒂,我就是世上最亲爱的人了!——威廉,我们散步时彼此谈着绿蒂,要是听听我们的谈话,真是一大乐事。世界上再也找不出比这种关系更可笑的了,然而我却常常感动得热泪盈眶。

他向我谈起绿蒂贤淑的母亲:临终前她把家和孩子都交付给绿蒂,又把绿蒂托付给他;从那时起,绿蒂就表现出完全不同的精神面貌,她井井有条地料理家务,严肃认真地照看弟妹,俨然成了一位真正的母亲;她时刻怀着热烈的爱心,兢兢业业地干活,然而并没有失去活泼的神情和无忧无虑的天性。——我走在他身边,不时采摘路畔的野花,精心编扎成一个花环,随后便将它掷进哗哗流去的河水里,看着它轻轻往下漂去。——我记不清是否已经写信告诉过你:阿尔贝特要在这里住下了,他在侯爵府上找了个薪俸颇丰的职位,很让人喜欢。像他这样办事兢兢业业、有条不紊的,我还很少见到。

八月十二日

确实,阿尔贝特是天底下最好的人,昨天我同他演了一出精彩的好戏。我去他那儿向他告别;我一时心血来潮,要骑马到山里去,现在我就是在山里给你写信的。我在他房间里踱来踱去,无意间他的两支手枪落在我的眼里。——"把手枪借给我吧,"我说,"我出门好用。"

"行啊,"他说,"要是你不怕麻烦,就请自己给枪装上弹药;枪在我这里挂着只是摆设而已。"——我取下一支枪,他继续说:"我一向小心谨慎,但却曾被狠狠作弄了一次,打那以后我就不愿再摆弄这玩意儿了。"——我心里好奇,很想知道这个故事。

"我在乡下一位朋友家里大约住了三个月,"他说,"身边带了几支微型手枪,都未装弹药,我也睡得很安稳。一天下午,下着雨,我闲坐无事,不知怎么,顿时生出奇思异想:我们可能会遭到袭击,可能用得上手枪,可能——你一定知道,事情会怎样。——我把手枪交给仆人,让他把枪擦一擦,装上弹药,而这小子却拿着枪去逗女仆玩儿,想吓唬她们一下。上帝知道是怎么搞的,枪走了火,通条还在枪膛里,一下子射进一个女仆右手的拇指肌①,把她的拇指打烂了。她向我哭诉了一阵,我还得支付她的治疗费。自此以后,我所有的枪支都不装弹药了。亲爱的朋友,小心谨慎有什么用?并不是所有的危险都能预见得到的!虽然……"

现在你知道了吧,我很喜欢此人,甚至还包括他的"虽然"二字,因为任何常理都有例外,这不是不言而喻的吗?此公竟是如此四平八稳,面面俱到!要是他觉得说了些考虑不周、一般化的或不太确切的言辞,他就要没完没了地对他的话加以限定、修正、增添和删减,末了与原来的意思大相径庭。由于这个原因,他不厌其烦地把这件事情说得详详细细,纤悉无遗,到后来我根本就不听他说了,完全在琢磨自己的一些古怪的念头,我显出一副狂躁的姿态,把枪口对准自己右眼旁的太阳穴。

"啊哟!"阿尔贝特叫道,同时从我手里把枪夺下,"这是干什么?"——"枪里没装弹药。"我说。——"即使这样,你要干吗?"他极不耐烦地加了一句。"我真想象不出,人怎么会这样傻,竟会开枪自杀,单是这种念头就让我恶心。"

"你们这些人啊,"我嚷道,"只要谈起一件事,马上就要说:'这是愚蠢的,这是聪明的,这是好的,这是坏的!'究竟想要说明什么问题?你们为此研究过一个行动的内在情况吗?你们能确切解释这个行为为什么会发生,为什么必然会发生的原因吗?要是你们研究过,就不会如此草率地作出判断了。"

---

① 拇指肌,手掌上靠近大拇指根部突出的球形肌肉,也叫鱼标。

“你得承认，”阿尔贝特说，“某些行为的发生无论出于什么动机，其本身都是一种罪恶。”

我耸耸肩，承认他说得有道理。——“可是，我亲爱的，”我接着说，“这里也有例外。不错，偷盗是一种罪恶，但是一个人为了自己和亲人不致饿死才去盗窃，他该值得同情还是该受惩罚？丈夫由于正当的义愤，一怒之下杀了不忠实的妻子及卑鄙的奸夫，谁还会向他扔第一块石头？[①] 还有那位姑娘，那位在极乐时刻完全沉醉在排山倒海的爱情的极乐之中的姑娘，又有谁会向她扔第一块石头？就连我们的法律，连那些冷酷的道学家也会被感动，对她不予惩罚。”

“这完全是另一码事，”阿尔贝特说，“因为一个人受了激情的驱使，失去了理智，只能把他看作醉汉，看作疯子。”

“哟，你们这些有理智的人！”我微笑着嚷道，“激情！酩酊大醉！疯狂！你们竟在那里冷眼旁观，无动于衷，你们这些正人君子，你们嘲骂醉汉，唾弃疯子，像祭司一样从那边过去[②]，像那个法利赛人似的感谢上帝[③]，感谢他没

---

① “扔第一块石头”，典故源出《圣经》。一天早晨，耶稣正在向老百姓宣教，这时文士和法利赛人带着一个行淫时被捉拿的妇人来对耶稣说：“夫子，这妇人是正行淫之时被捉拿的。摩西在法律上吩咐我们，把这样的人用石头打死。你说该把她怎么样呢？”耶稣说：“你们中间谁是没有罪的，谁就可以先拿石头打她。”这些人自己心里有鬼，谁也不敢扔第一块石头。（参见《新约全书·约翰福音》8:3—11。）由此，“扔第一块石头”或“先拿石头打”这些话就转喻为带头对某人进行批判、攻击、非难和谴责。

② 祭司“从那边过去”，典出《圣经》：有个人落入强盗之手，被剥去衣裳，打个半死后丢下。“偶然有一个祭司从这条路上来，看见他，就从那边过去了。又有一个利未人到这地方，看见他，也照样从那边过去了。”唯有一个撒玛利亚人见到这情景就动了慈心，上前用油和酒倒在他的伤处，包裹好，扶他骑上自己的牲口，带到店里去照应。故事见《新约全书·路加福音》10:28—34。“祭司从那边过去”后来转喻为见死不救、没有同情心的人。

③ “法利赛人感谢上帝”，典出《圣经》：有两个人上殿里去祷告，一个是法利赛人，一个是税吏。法利赛人站着，自言自语地祷告说：“上帝啊，我感谢你，我不像别人，勒索、不义、奸淫，也不像这个税吏。我一个礼拜禁食两次，凡我所得的，都捐上十分之一。”那税吏远远站着，头都不敢抬，只捶着胸求上帝开恩，可怜他这个罪人。耶稣讲完这个故事，说：“我告诉你们，这人回家去比那人倒算为义了，因为凡自高的，必降为卑，自卑的，必升为高。”（参见《新约全书·路加福音》18:10—14。）这里耶稣以法利赛人喻指伪君子，他们仗着自己是义人而藐视别人。

有把你们造成醉汉或疯子。我却不止一次喝醉过,我的激情也与疯狂相差无几,我并不为此感到后悔,因为以我自己的尺度来衡量,我知道,凡是出类拔萃的人,成就伟大事业,做了看似不可能做的事,可是他们却从来都被骂作醉汉和疯子。

“即使在平常生活中,凡是有人做了豪爽、高尚、出人意料的事,就总会听到有人指着他的脊梁骨在背后嚷嚷:‘这家伙喝醉了,他是傻瓜!’这真叫人受不了。羞愧吧,你们这些清醒的人!羞愧吧,你们这些圣贤!”

“你又在异想天开了,”阿尔贝特说,“你把什么事都绷得紧紧的,至少这里你肯定是错了,现在谈的是自杀,你却把它扯来同伟大的行为相比:自杀只不过是软弱的表现罢了,因为比起顽强地忍受痛苦生活的煎熬,死当然要轻松得多。”

我打算中止谈话;他这种论调真让我火冒三丈,我的话都是吐自肺腑,他却尽说些毫无意义的陈词滥调。可是我还是按捺住心头的怒火,因为他这一套我听惯了,也常常为此而气恼。于是我稍微有些激动地回答他:

“你说自杀是软弱?我请你不要被表面现象所迷惑。一个民族,一个在暴君的难以忍受之压迫下呻吟的民族,当它终于奋起砸碎自己身上的锁链时,你难道能说这是软弱吗?一个人家宅失火,他大惊之下鼓足力气,轻易搬开了他头脑冷静时几乎不可能挪动的重物;一个人受到侮辱时,一怒之下竟同六个对手较量起来,并将他们一一制服,能说这样的人是软弱吗?还有,我的好友,既然全力以赴便会产生强大的力量,为什么精神亢奋便该成为其反面呢?”

阿尔贝特凝视着我,说:“请别见怪,你举的这些例子,在我看来和我们讨论的事情风马牛不相及。”

“这可能,”我说,“别人常责备我,说我的联想方法近乎荒谬。那么就让我们来看一看,我们是否能以另一种方式来设想一下,一个决意摆脱生活担子的人——这种担子在通常情况下是愉快的——是什么样的心境。我们只有具有共同的感受,才有资格来谈论某一件事。"

"人的天性都有其局限:它可以经受欢乐、悲伤、痛苦到一定的限度,一旦超过这个限度,他就将毁灭。"我继续说,"这里的问题并不在于他是软弱还是坚强,而在于他能不能承受得住自己痛苦的限度,不论是在道义上还是肉体上。我认为,把一个自杀者说成是懦夫,正如把一个死于恶性热病的人称为胆小鬼一样,都是不合适的,这两种说法同样是离奇的。"

"谬论,简直是谬论!"阿尔贝特嚷道。

"没有你想象的那么荒谬。"我回答说,"你得承认,如果人的机体受到疾病的侵袭,使他的精力一部分被耗蚀,一部分失去了作用,再也不能痊愈,无论怎么治也无法恢复生命的正常运转,这种病我们称之为绝症①。

"好吧,亲爱的,让我们把这个比喻用于精神上,看一看,一个受到局限的人,各种印象对他起着什么作用,是怎么确定他的思想的,直至不断增长的激情最终是如何夺去他冷静的思考力,以致他毁灭的。

"清醒而有理智的人虽然对这位不幸者的处境一目了然,也劝说过他,但毫无用处!正如一个健康人站在病人床前,却无法把自己的精力输送给病人一样。"

阿尔贝特觉得这些话说得太笼统。于是我便提起一位不久前淹死在水里的姑娘,又把她的故事给他重讲一遍:"这是一位年轻的好姑娘,是在狭小的家庭圈子里长大的,每星期干些家务活,用慢慢积攒的钱买了一套盛装,星期天就穿上这套新衣裳同几个情况与她相似的姑娘一起到郊外去散

---

① "绝症"这个表述源出《圣经》。耶稣听到马利亚的兄弟拉萨路患病的消息时说:"这病不至于死,乃是上帝的荣耀,叫上帝的儿子因此得荣耀。"(参见《新约全书·约翰福音》第11章。)在维特8月8日的信中(第四段)已为这个"绝症"主题作了铺垫。

步，也许逢年过节还跳跳舞，再就是同女邻居兴致勃勃地聊上一阵，说说某次吵嘴的起因啦，谁散布谁的流言蜚语啦，等等，除此之外就谈不上别的娱乐了。——她火热的天性后来感觉到了某些内心的需求，男人的谄媚奉承使得这种需求变得更为强烈；以前的快乐已经渐渐变得平淡无味，最后她终于遇到一个人，一种从未经历过的感情不可抗拒地把她吸引到他的身边，于是她便把一切希望统统寄托在此人身上，忘掉了周围的世界，除他之外，除他一人之外，她什么也听不到，什么也看不见，什么也感觉不着，她心里只想着他，只想着他一个人。但她不为虚情假意的风情和变化无常的虚荣心所左右，一心追求自己的目标，她要成为他的人，她要永远在比翼连理中寻找她所缺少的一切幸福，享受她所渴望的种种欢乐。频频许下的山盟海誓给她吃了定心丸，使她确信自己的希望绝不会落空；大胆的缠绵更增添了她的欲求。这一切充塞着她的心灵；她飘然于恍惚的神思中，沉浸于对欢乐的预感中，她兴奋到了极点，终于伸出双臂，要将自己的全部心愿搂住。——可是，她最爱的人却将她抛弃。——她惊呆了，神志麻木了，站在那里，面对万丈深渊；她周围一片黑暗，没有希望，没有安慰，没有感觉，因为是他——在他身上她才感觉到自己的存在——是他将她遗弃的呀！她看不见面前广阔的世界，看不到许许多多可以为她弥补这个损失的人，她感到形单影只，感到被世界遗弃了。——她被可怕的内心痛苦逼上了绝路，于是闭上眼睛，纵身往下一跳，以便在环抱着周围一切的死亡中来消除自己的一切痛苦。——你看，阿尔贝特，这便是某些人的故事！请告诉我，这难道不是一种病例吗？在这混乱而矛盾的力的迷津中，天性找不到出路，人就唯有一死了之。

“让这帮袖手旁观、专说风凉话的人遭殃吧！他们可能会说：‘傻丫头！要是等一等，要是让时间来医治她的创伤，那么绝望就会被排除，就会有另一个人来安慰她。’——这正像有人说：‘这傻瓜，竟会死于热病！要是等到体力恢复,体液好转[1],血液骚动平静下来,那一切就会好起来,他兴许会一直活到今天呢!'"

阿尔贝特还觉得这个比喻不够明白具体,又提出一些异议,如,说我讲的只是一位单纯的姑娘,倘若是个有理智的男人,又不那么狭隘,涉世也较深,他不理解,这样的人自杀怎么可以原谅呢。

"我的朋友,"我大声嚷道,"人总归是人,当一个人激情澎湃,而又受到人性局限的逼迫时,他即使有的那点儿理智也起不了多大作用,或者根本就不起作用。更何况——下次再谈吧……"说着,我便拿起帽子。哦,我的心里感慨万千——我和阿尔贝特分开了,互相并没有能够理解。在这个世界上,一个人要理解另一个人是多么不容易呀!

八月十五日

确实,世界上人最需要的东西莫过于爱情。我感觉到,绿蒂不愿失去我,而这帮孩子心里更是只有一个愿望,那就是我每天一早就去他们那儿。今天我去了,去为绿蒂的钢琴校音,但这事今天没能办成,因为孩子们缠着我,要我给他们讲故事,甚至绿蒂也让我满足孩子们的心愿。我给他们把晚餐面包切好,他们从我手中接面包就像是从绿蒂手里拿到一样,个个都非常高兴。我给他们讲了一位公主的故事,她每顿饭都由一双神奇的手给送来[2]。我从中学到很多东西,这一点请你相信。我真感到惊讶,这个故事竟给他们留下了这么深的印象。因为我在讲的过程中往往添油加醋,第二次讲的时候上次编造的情节就给忘了,这时孩子们立刻就说,这和上次讲的不

---

① 当时欧洲人认为,体液的恶化是导致患病的原因。

② 这是法国作家玛丽-卡特琳·朱梅尔·德·贝纳伊(1651—1705)的童话《白猫》中的故事:一位公主被囚,囚室的天花板里长出一双手,给她送来饭菜,所以公主才得以不死。

一样，所以我现在正练习以抑扬顿挫的歌唱的音调毫不走样地一气儿把故事背诵下来。我从中领会到，一位作家如果他的书再版时将故事作了修改，改了以后即使艺术上好多了，那还是必然会损害他的作品的。我们总是愿意接受第一个印象，人生来就是这样，最最荒诞不经的事你也可以使他信以为真，并且立刻记得牢牢的，谁要想把它推翻或者抹掉以重写，谁就是在自找麻烦！

八月十八日

使人幸福的东西，反过来又会变成他的痛苦之源，难道非得如此不成？

对于生机盎然的大自然，我心里充满了温馨之情。这种感情曾给我倾注过无数的欢乐，使周围世界变成了我的伊甸园，可如今它却成了一个令人难以忍受的施虐者，成了一个折磨人的精灵，四处将我追逐。以前我从岩石上纵览河对岸山丘间丰饶的谷地，看到周围一派生机勃勃、欣欣向荣的景象；我看到那些山峦从山脚到峰顶都生长着高大、茂密的树木，那些千姿百态、蜿蜒曲折的山谷都掩映在林木可爱的绿荫之中，河水从嗫嚅细语的芦苇间缓缓流去，柔和的晚风轻轻吹拂，片片迷人的白云从天际飘来，在河里投下自己的倒影；我听到小鸟在四处啼鸣，使树林里充满勃勃生机，千百万只蚊蚋在夕阳最后一抹红色的余晖中大胆地翩翩起舞，落日最后颤颤的一瞥把唧唧鸣叫的蟋蟀从草丛中解放出来，我周围一片嗡嗡嘤嘤之声，使我的注意力集中在地上，一片片苔藓从我站立的坚硬的岩石上夺取养分，生长在下面贫瘠的沙丘上的、枝干互缠的簇簇灌木为我开启了大自然内部炽烈而神圣的生命：这一切我都摄入自己温暖的心中。处在丰富多彩、森罗万象的大自然之中，我觉得自己也飘然欲仙了，无穷世界的种种壮丽形态都栩栩如生地在我心灵中跃动。巍峨的群山将我环抱，我面前是一道道深谷，道道瀑布飞泻而下，我脚下条条河水哗哗流淌，树林和山峦也鸣声作响；我看见各种不可解释的力量在地球深处相互作用，彼此影响；在大地之上、天空之下繁衍着千姿百态的生物，而每种生物又呈现出形形色色、千差万别的形态；还有人，他们全家栖居在小屋里，共同保护自己的安全，并以为他们是这广阔世界的主宰！可怜的傻瓜！你把一切都看得如此微不足道，因为你自己就那么渺小。——从无法攀登的高山，越过人迹未至的荒漠，到无人知晓的海洋的尽头，永恒的造物主的精神无处不在飘荡，并为每一点能够听到他声音的有生命的细尘末灰感到高兴。——啊，那时我常常渴望从我头顶飞过的仙鹤的翅膀，把我带往茫茫大海之滨，让我从那泡沫翻腾的“无限”的酒杯中酣饮那激荡的生命之欢乐，只要片刻时光，让我胸中被限制的力量感受一下那位在自身生出万物、通过自身造出万物来的造物者的些许幸福。

兄弟呀，只有想起那些时光，我心里才会欢畅。我竭力去重新唤起、重新言说那些无以言说的感情。单单此事本身便将我的灵魂提升到超出了自己的高度，随之我也加倍感觉到自己目前处境之可怕。

在我灵魂之前仿佛幕布拉开了，无穷无尽的生活之舞台在我面前变成了永远开启着的坟墓之深渊。一切都是转瞬即逝，一切都倏忽而过，生命力很难长久保持，啊，它将被卷进激流，被波涛吞没，并在岩石上撞得粉碎，这个时候你能说“这是永恒的”吗？没有一个瞬间不在耗损你和你周围亲人的生命，没有一个瞬间你不是破坏者，也不得不是破坏者；一次最最普通的散步就要葬送千百只可怜的小虫子的生命，一蹴脚就会毁掉蚂蚁辛辛苦苦营造的房舍，把一个小世界踩为一座羞辱的坟墓。啊，触动我的不是世界上罕见的大灾难，不是冲毁你们村庄的洪水，不是吞噬你们城市的地震；伤害我心灵的是隐藏在大自然中的吞噬力，它所造就的一切无一不在摧毁它的邻居，无一不在摧毁它自己。想到这些我就心惊胆战，步履踉跄。围绕我的是天和地，以及它的洪荒之力，我所看到的唯有永远在吞噬、永远在反刍的庞然大物。

八月二十一日

清晨，我从噩梦中醒来，向她伸出双臂，结果是竹篮子打水；夜里，一个幸福无邪的梦捉弄了我，我仿佛在草地上坐在她的身边，握着她的手，印上千百个吻，随后我在床上找她时，又是海底捞月。唉，我在半睡半醒中昏昏聩聩地向她摸索，摸了一阵就完全清醒了。——一股泪流从我压抑的心中迸涌而出，面对昏暗的前程，我绝望地哭了。

八月二十二日

真是不幸，威廉，我有充沛的活力，却偏偏无所事事，闲得发慌，我不能游手好闲，且什么都干不了。我没有了想象力，失去了对大自然的感觉，书籍令我讨厌。倘若我们失去了自我，也就失去了一切。[①] 我向你发誓，有时我希望当一名短工，只是为了每天早晨醒来时，对来到的一天有所期待，有所渴求和希望。我常常羡慕阿尔贝特，看到他埋头在文件堆里，心里就思忖，要是我处在他的位置上，该有多好！好几次我曾想要给你和部长写信，在公使馆里谋个职位。你曾很有把握地说过，公使馆不会拒绝我。我自己也相信这一点。长久以来部长一直很喜欢我，早就劝我找点事做；有时我也真想要这么办。可是后来我再一琢磨，便想起了那则马的寓言[②]。这匹马对自由感到厌烦了，便让人加上鞍子，套上辔头，结果差点儿让人骑

---

① “倘若我们失去了自我，也就失去了一切。”这是在歌德不同时期的作品中反复出现的基调之一。此处指维特缺少某种可以使他为之投入的东西，无论是艺术、工作，还是一个相亲的人，也就是说他失去了自我。这个基调在 11 月 15 日信的结尾处又再次出现，言辞更为激烈。

② 马的寓言，指罗马诗人贺拉斯《书札》中的一则寓言：马受鹿的欺侮，向人求救，人便骑着马去逐鹿，鹿虽死了，但马却永远成了人的奴隶。

垮。——我不知道该怎么办——亲爱的朋友,我心里要求改变现状的渴望,莫非正是心里快快不乐的厌烦,那处处对我紧追不舍的烦躁吗?

八月二十八日

真的,要是我的病能治得好,他们是会给我治的。今天是我的生日,[①]一大早我就收到阿尔贝特的一个小包裹。打开包裹,一个粉红色的蝴蝶结即刻映入我的眼帘。我与绿蒂初次相识时,她胸襟上就佩戴着这种蝴蝶结,自那以后,我曾求过她多次,让她把蝴蝶结送我。包里还有两册十二开本的小书——韦特施泰因版[②]的荷马袖珍本。这个版本是我早就想要的,免得散步时总带着我那本埃内斯蒂版[③]的大厚本。看,没等我开口他们就满足了我的愿望,他们善解人意,总是想方设法送给我一些我所喜爱的小礼品,以表达他们的友情。这些小礼品要比那些光彩夺目的礼物珍贵一千倍,那种耀眼的礼物是馈赠者用来侮辱我们,以满足他们自己的虚荣心的。我千百次地吻着蝴蝶结,每次呼吸都将种种幸福的回忆啜入心田,于是我便沉浸在幸福的日子里。这样的日子只有不多几天,现在已经一去不复返了。威廉呀!事情就是这样,我不抱怨,生命之花只不过是幻象!多少花朵凋谢了,没有留下一点痕迹,结了果的寥寥无几,而果实能成熟的就更是稀少!不过,世上的果实还是足够的;可是,我的兄弟呀,对于这些熟果难道我们可以不加理会,可以瞧不起,可以不去享受而任其腐烂吗?

---

① 8月28日也是歌德自己的生日,但歌德生于1772年,不是小说中维特出生的1771年。

② 韦特施泰因(1649—1726),荷兰印刷家,他于1707年出版了袖珍本《荷马集》,这是希腊文和拉丁文两种文字的对照本。

③ 埃内斯蒂(1707—1781),德国语言学家、神学家。他出版的《荷马集》除希腊原文外,还收进了拉丁文译文,并附有大量注释和评论。当时懂希腊文的人不多,而拉丁文则较为普及,所以这个版本也是两种文字的对照本。

再见！这里的夏天很美；我常常坐在绿蒂果园里的果树上，手里拿着摘果长杆，把树梢上的梨采下来。她则站在树下，取下我从长杆上递给她的梨。

八月三十日

不幸的人呀！你难道不是傻瓜？你不是在欺骗自己？这无休无止的汹涌澎湃的激情该怎么办？除了为她，我已不再祷告别的；除了她的倩影，我想象中已无别的形象，周围世界上的东西，只有同她有关的我才看得见。这也给了我一些幸福的时刻——直到我不得不同她分离！唉，威廉，我的心为何常将我困扰！——我坐在她身边，坐上两小时、三小时，欣赏她的身姿、她的风度、她的谈吐，于是渐渐地我所有的感官都紧张到极点，我眼前一片昏暗，我几乎什么也听不到，我的咽喉像是被暗杀者掐住了，我的心在狂跳，想要让压抑的感官得到发泄，结果反而使其更加紊乱。——威廉呀，我往往不明白，我到底是不是在世上！要不是有时我抑郁的心情有所减轻，要不是绿蒂给了我一点可怜的安慰，允许我伏在她的手上痛哭，吐一吐我心中的积郁，那我必然得走开，必须跑出去，远远地到原野中去四处游荡，那么，攀登陡峭的山峰，在无路可行的森林里走出一条路来，让灌木丛刮破我的衣服，让荆棘刺破我的肌肤，这便是我的乐趣！这样，我心里就会好受一些！但也不过是"一些"而已！有时，我感到又累又渴，就在途中躺一躺，有时在深夜，一轮满月高挂天空，我在寂寞的森林里坐在一棵弯曲的树上，使磨破的脚掌减轻些许痛楚，在影影绰绰的月色中，乏人的寂静将我送入梦乡！唉，威廉，一间修道士寂寞的陋室，一件粗羊毛织的长袍和一根荆条腰带①便是

---

① 粗羊毛长袍和荆条腰带，是那时忏悔者的典型装束。《圣经》载：施洗约翰"身穿骆驼毛的衣服，腰束皮带，吃的是蝗虫野蜜"，在犹大旷野约旦河一带给人施洗，宣传悔改的福音。（参见《新约全书·马太福音》3∶1—12）。

我的灵魂的清凉剂。再见！除了坟墓，我看不到这痛苦会有尽头。

九月三日

我不得不走了！感谢你，威廉，感谢你坚定了我动摇不定的决心。两星期来我在反复考虑离开她的问题。我必须走了。她又进城到女友家去了。而阿尔贝特——而我——我非走不可了！

九月十日

那是一个黑夜！威廉呀！我现在经受了一切。我将不会再见她！哦，我的挚友，此刻我不能飞来抱住你的脖子好好哭一场，来表达我狂喜的心情，倾吐冲击我心灵的感情。我坐在这儿，张着大嘴喘气，竭力使自己平静下来，等待黎明的来临。我定的马将在日出时启程。

啊，她现在睡得正安静，不会想到，她永远不会再见到我了。我是咬着牙离开她的，我够坚强的，同她谈了两个小时，就是没有泄露自己的计划。上帝，这是一次什么样的谈话呀！

阿尔贝特答应我，吃完晚饭马上就同绿蒂一起到花园里来。我站在栗树下的坡台上，最后一次目送夕阳抹过可爱的山谷和缓缓的河流，沉入天边。过去我常同她一起站在这里，也是欣赏这幕壮丽的景象，而现在——我在这条我十分喜爱的林荫道上徘徊；还在我认识绿蒂之前，这里就有一种神秘而亲切的吸引力，使我驻足不前；我们相识之初，当我们发现彼此都偏爱这一隅时，那是多么高兴呀！这地方真是我见过的一件最富浪漫情调的艺术瑰宝。

只有到了栗树之间，你才会有宽阔的视野。——啊，我记得，我想我已多次在信里向你说起过,高大的山毛榉形成两道树墙,一片观赏丛林与之相连,林荫道因此变得更加幽暗,末了在它的尽头形成一方与世隔绝的小天地,寂静冷清,令人竦然。我还记得,一天正午,当我第一次走进里边时,心里感到非常亲切;当时我隐隐约约地预感到,在这方天地里,我将会饱尝幸福和痛苦的滋味。

我沉浸在离别的惆怅和再次见面的欢愉中,思绪万千。大约等了半小时,就听到他们在往坡台上走来了。我便跑着迎了下去,怀着战栗的心情握住她的手亲吻。我们登上坡台时,月亮正从郁郁葱葱的山岗后面升上来。我们漫无边际地闲聊,不觉已走近了黑黝黝的凉亭。绿蒂走进去,坐了下来,阿尔贝特挨她而坐,我也坐在她身边;可是,我心情不安,难以久坐,便站起身来,在她面前来回走了一阵,又重新坐下。这处境真让人发怵。这时月光映照在山毛榉墙尽头的整个坡台上,她让我们注意欣赏月光的魅力:这景色真美,因为我们四周都笼罩在朦胧的幽暗之中,因此那月光辉映之处就越发显得绚丽夺目。我们都没说话,过了一会儿她先开始说:“我每次在月光下散步总会想起故世的亲人,死亡、未来等问题总会袭上我的心头。我们都是要死的!”她接着又说,声音里充满壮美的感情:“可是,维特,我们死后还会重逢吗?相互还会认出来吗?您怎么想?您怎么说?”

“绿蒂,”我说,同时把手伸给她,眼里滚着泪水,“我们会再见的!会在这里或别处再见的!”我说不下去了。——威廉呀,此刻我心里充满了离愁别绪,可她偏偏又非要问这些!

“故世的亲人是否知道,是否感觉得到,我们幸福的时候总是怀着温馨的爱追念他们呢?”她继续说,“哦!当静静的夜晚坐在妈妈的孩子中间,坐在我的弟妹中间,他们围着我,就像当年围着妈妈一样,每当这时,母亲的身影就会浮现在我的眼前。我含着思慕的眼泪仰望天空,但愿她能往屋里看上一眼,看看我是如何遵守在她临终时向她许下的这个诺言的:当她的孩子的妈妈。我深情地呼喊:‘倘若他们觉得,我对他们的关心不及你对他们那么周到,那就请你原谅我,最最亲爱的妈妈!哦,我一定做我力所能及的一切,给他们穿好吃好,还有,比这些更重要的是,给他们关怀和爱。你看,我们相处得多么和睦,亲爱的圣洁的妈妈!你一定会怀着最热烈的感激之情赞美上帝,赞美你含着最后的痛苦的泪水祈求他保佑你的孩子的主。’”

她说了这番话!哦!威廉,谁又能把她说的话重复一遍!冷冰冰的、死的文字怎能描画出这美妙的精神之花!阿尔贝特温柔地插话说:“您太激动了,亲爱的绿蒂!我知道,您心里总在想着这些事,但是,我求您……”

“哦,阿尔贝特,”她说,“我知道,你不会忘记那些夜晚,每当爸爸出门去了,我们把孩子都送上了床,这时我们就一起坐在那张小圆桌旁。你常常拿着本好书,但是你很少能读下去。——同这个美丽的灵魂交流不是比什么事都重要吗?我那美丽、温柔、活泼、勤劳的母亲呀!我常常跪在床上,眼含泪水向上帝祈求:让我也像妈妈一样。我的眼泪上帝是知道的。”

“绿蒂!”我一面喊,一面跪倒在她跟前,拿起她的手,让它浸在我的热泪之中,“绿蒂!上帝会赐福给你,你妈妈的灵魂也会保佑你!”

“您要是认识她该多好,”她一边说,一边握住我的手,“她是值得您认识的!”听了这话,我差点儿晕了。还从来没有人以如此崇高、如此敬佩的话称赞过我呢。她接着又说:“妈妈去世时正当盛年,最小的儿子还不满六个月!她得病时间不长,走的时候很平静,也很安详,只是心疼孩子,特别是最小的孩子。临走时她对我说:‘把他们都叫上来!’我把他们领进房里,几个小的还不懂事,大的则不知所措,大家都在病床四周站着,妈妈举起双手为他们祈祷,挨个吻了他们,就让他们出去了。这时她对我说:‘当他们的妈妈吧!’——我把手伸给她,向她作了保证。——‘你答应的事,担子可不轻呀,我的女儿!’她说,‘要有母亲的心,母亲的眼睛。我常从你感激的眼泪中看出,你体会到了当母亲的分量。对弟妹你要有母亲的慈爱,对父亲你要有妻子的忠诚和顺从。你会给他安慰的。’接着她问起父亲。父亲为了不让我们看到他揪心裂肺的悲痛,走出去了,作为丈夫,他已经乱了方寸。

“阿尔贝特,当时你也在房里。她听见有人走动,便问是谁,并要你到她跟前去。她以欣慰和安详的目光注视着你和我,相信我们是幸福的,我们两人在一起是幸福的……”

阿尔贝特一下搂住她的脖子,一边吻她一边大声说道:“我们是幸福的！将来也会是幸福的!”——冷静的阿尔贝特完全失去了自制力,我自己也是百感交集,惘然若失。

“维特,”接着她又说,“这样一位女性,竟要让她撒手而去！上帝呀！有时我想,当生活中最爱的人让人抬走的时候,最感到伤心的是孩子,很久以后他们还在抱怨穿黑衣服的人抬走了妈妈!”

她站了起来。我也清醒了,感动之极,仍坐在那儿,握着她的手。——“我们走吧,”她说,“已经很晚了。”——她想把手缩回去,但我却把它握得更紧。

“我们会再见的,”我大声说道,“我们会重聚的,无论变成什么模样,我们互相都会认出来的。我要走了,”我接着又说,“我是心甘情愿地走的,可是,要我说出‘永远’两个字,我却经受不了。再见了,绿蒂！再见了,阿尔贝特！我们会再见的。”

“我想是明天。”她开玩笑说。

明天,明天意味着什么啊！唉,她从我手里抽回她的手时,她还全然不知呢。——他们朝林荫道走去,我站着,目送他们在月光中离去。我扑倒在地,放声大哭,随后又一跃而起,奔上坡台,还看得见下面高大的菩提树阴影里,她白色的衣裙闪烁着,他们朝花园的大门走去,我伸出双臂,这时她的身影已经消失了。

下　篇

一七七一年十月二十日

昨天我们到了这里。公使身体欠安，要在家休息几天。他要是对人不这么厉害，那一切都会好的。我发觉，我发觉，命运给了我严峻的考验。我要鼓起勇气！心情愉快时什么都可以承受得住！心情愉快？这话竟出于我的笔下,真让我感到好笑。哦,只要稍为快活一点,我就是天底下最幸福的人了。真是的!别人有了一点儿才能和天赋便在我面前自鸣得意、播唇弄舌了,我干吗要怀疑自己的才能和禀赋?仁慈的上帝,我这一切都是你赐予的,你为什么不留下一半,而多给我些自信和满足呢?

要有耐心!要有耐心!情况会好转的。我要对你说,亲爱的朋友,你说得对。自从我每天到老百姓中间去转转,看看他们在干些什么,是怎么忙活的,我对自己就满意多了。确实,我们天生就是如此,总要拿别人同自己相比,拿自己同别人相比,在相互比较中就显出了幸福和痛苦,所以,最大的危险莫过于孤独了。我们的想象力受到天性的激发,又受到诗歌中奇妙的幻象的熏陶,往往臆造出一系列高大的人物形象来,而我们自己是最低下的,似乎除了我们自己,一切都美好无比,别人都比自己完美。这种想法是十分自然的。我们常常感到自己缺少某些东西,觉得别人所具有的,正是我们自己身上所缺少的,此外我们还把自己所有的一切统统给了别人,还赋予他们某种理想的怡然自得的情绪。于是,幸运者便完美无缺了,实际上他只是我们自己臆造的产儿。

反之,如果我们竭尽自己虚弱和疲惫之力,一个劲地勇往直前,那么我们往往便会发现,尽管我们步履蹒跚,而且逆风而行,却比那扬帆使桨的人走得更远——而且——如果能同别人并驾齐驱或者甚至超而过之,就会真正感觉到自己充满了信心。

一七七一年十一月二十六日

我开始十分勉强地适应此地的生活了。最妙的是,这里有许多事情可做;此外,各式各样的人物,形形色色的新形象在我的心灵之前上演了一出多姿多彩的戏剧。我结识了C伯爵,他是个思想开明,又很有抱负的人,因而我对他的敬重与日俱增;他见多识广,对人并不冷淡;同他的交往中,他表现出极重友情、富有爱心。他很关心我,有次我到他府上去办一件公事,一经交谈,他便发现我们彼此十分投契,可以同我畅怀叙谈,而这一点他并不是同每个人都能做到的。他对我推心置腹,胸怀坦率,我怎么赞誉也不为过。能见到一颗伟大的心灵,一个对人敞开胸怀、以诚相待的人,真是人世间温馨的乐事。

一七七一年十二月二十四日

公使真让我烦死了,这是我预料到的。他是个拘泥刻板、一丝不苟到极点的笨蛋,世上无人能出其右;此公一板一眼,唠唠叨叨,像个老妈子;他对自己从来没有满意的时候,因此对谁都看不顺眼。我办事喜欢干脆利落,是怎么样就怎么样;他却在把文稿退给我的时候说:"蛮不错,但请再看看,总是可以找出更好的字眼和更合适的词句来的。"——真把我气疯了。少用一个"和",省掉一个连接词都不允许,有时我不经意用了几个倒装句,而他却是所有倒装句的死敌;[①]如果复合长句没按老范式来处理,那他压根儿就看不懂。要同这么个人打交道,真是一种痛苦。

冯·C伯爵的信任是我得到的唯一安慰。最近他极其坦率地对我说,他对我的这位公使慢慢腾腾、瞻前顾后的作风很不满意。"这种人不仅自找麻烦,也给别人添麻烦。可是,"他说,"可是我们又只好去适应,就像旅行者必须翻过一座大山一样;当然,如果没有这座山,走起来就舒服得多,路

① 在《维特》出版的时候,倒装句是年轻一代强调语言的表现力和感情色彩的标志,它是感伤主义和"狂飙突进"的文风,与理性主义的文风及其文法规范是对立的。公使反对在公文体的文件中使用天才语言自有他的道理,但维特想使繁冗、枯燥的公文语言显得生动和具有活力,并想缩小和克服这两种文体之间过大的距离也无可指责。关于倒装句的争论是维特同理性主义艺术观所进行的一系列争论的一个组成部分。

程也短得多;现在既然有这座山,那就得翻越过去!"

我的上司大概也觉察到伯爵比他更赏识我,因而耿耿于怀,抓住一切机会,在我面前大讲伯爵的坏话。我当然要加以反驳,这样一来,事情只会更糟。昨天他简直把我惹火了,因为他的一番话把我也捎了进去:说起办事嘛,伯爵倒是轻车熟路的,还相当不错,笔头子也好,可就是跟所有文人一样,缺少扎实的学识。说到这里,他脸上显露的那种神色仿佛在问:"怎么样,刺痛你了吧?"但是,这对我不起作用;对于居然会这样想、会采取这种态度的人,我根本就瞧不起。我毫不让步,并以相当激烈的言辞进行反击。我说,论人品和学识,伯爵都不得不让人尊敬。"在我认识的人中,"我说,"还没有谁能像伯爵那样,善于拓宽自己的才智,并用它来研究各种各样的具体问题,又能把日常事务处理得井井有条。"——我的这些话对于他的这种冥顽不化的头脑来说,简直是对牛弹琴。为了不继续说出一些不理智的评断而受更多的气,我便告辞了。

这一切全怪你们,是你们喋喋不休地让我套上这副枷锁的,而且还给我大念什么要有所"作为"的经。作为!倘若种土豆和驾车进城出售谷物的农民不比我更有作为,那我就甘愿在这条锁住我的奴隶船上再服十年苦役。

聚集在此地的那些令人讨厌的人,表面的光彩掩盖了他们的精神贫乏和空虚无聊!为了追逐等级地位,他们互相戒忌,彼此提防,人人都想捷足先登;这种最可悲、最可怜的欲望竟是赤裸裸的,一丝不挂。比如此地有个女人,逢人便吹嘘她的贵族头衔和地产,以至于每个陌生人都必然会想:这是个傻子,以为有了点门第和地产便了不起了。——但是更恼人的是,该女人正是相邻地区一位文书的女儿。——我真不懂,你看,一个人如此鲜廉寡耻,那还有什么意思。

亲爱的朋友,我日益清楚地觉察到,以己之心去度他人之腹是多么愚蠢。我自己的事还忙不过来,心情又是如此激荡不安,——唉,我乐得让别人走他们自己的路,只要他们也能让我走我的路。

最令我气恼的,是市民阶层的可悲的处境。虽然我同大家一样非常清楚,等级差别是必要的,它也给了我自己不少好处,只是它不要挡着我的路,妨碍我去享受人世间尚存的一点快乐和一丝幸福。最近,我散步时认识了一位冯·B小姐,她是位可爱的姑娘,在呆板的生活环境中仍保持着许多自然的天性。我们谈得很投契,分别时我请她允许我到她家去看她。她非常大方地应允了,我几乎等不及约好去她那儿的那一刻了。她不是本地人,住在这里的姑妈家。老太太的长相我不喜欢,但对她十分尊敬,我多半是跟她交谈,不到半小时就基本上了解了她的情况,后来B小姐自己也跟我谈道:亲爱的姑妈这么大年纪了仍一贫如洗,既无与其身份相称的产业,也无才智,除了祖先的荣耀并无别的依托,除了仰仗门第的隆荫并无别的庇护,除了从楼上俯视下面市民的脑袋并无其他乐趣。据说她年轻时很漂亮,生活逍遥自在,像只翩跹而舞的蝴蝶,起初以她的任性折磨了许多可怜的小伙子;到了中年就纡尊降贵,嫁了一位俯首帖耳的老军官。这位军官以忍受她的脾性为代价,靠一份还可凑合的生活费同她一起共度艰辛的暮年,后来便先去了极乐世界。她现在形单影只,晚景如斯,要不是她侄女如此可爱,谁还去理睬这位老太太。

一七七二年一月八日

人啊,真不知是怎么回事,他们的全部心思都放在了繁文缛节上,成年累月琢磨和希冀的就是宴席上自己的座位能不断往前挪!这倒并非他们没有别的事情可做:不,事情多得成堆,正因为他们都热衷于种种伤脑筋的琐事,才耽误了要办的重要事务。上星期乘雪橇出游时就发生了一场争吵,真是扫兴。

这帮傻瓜，他们看不到，其实位置并没有什么意义，坐首席的往往并不扮演第一号角色！正如有多少国王是通过他们的大臣来统治的，多少大臣又是通过他们的秘书来治理的！谁是第一号人物呢？窃以为是那个眼光过人、又拥有很大权力或工于心计、能把别人的力量和热情用来实现自己计划的人。

一月二十日

亲爱的绿蒂，为躲避一场暴风雪，我逃进一家农舍小客店，在这里的房间里，我得给您写信了。只要我待在D镇可悲的巢穴里，周旋于陌生的、对我的心灵来说是完全陌生的人群中，我就没有片刻工夫，没有片刻可以使我的心叫我给您写信的工夫；现在，在这所茅舍里，孤独、狭隘，雪花和冰雹猛烈地扑打着小小的窗户，我第一个想到的就是您。我一进门，您的身影便浮现在我眼前，对您的思念就袭上我的心头，哦，绿蒂，这是多么圣洁，多么温馨！仁慈的上帝！第一个幸福的瞬间又出现了。

我最亲爱的，要是您能看到，就会知道，我心绪不宁，神情恍惚，这股狂澜把我淹没了！我的神智完全枯竭了！我的心没有片刻的充实，也没有片刻的欢乐！什么也没有！什么也没有！我像站在万花镜前，看着小人小马在我眼前转来转去，我常常问自己，这是不是光学的骗局。我自己也在参加表演，更多的是像个木偶似的被人耍，有时我握着旁边一人的木手，吓得赶忙缩了回来。晚上，我打算欣赏日出，可到了早上就是起不了床；白天，我希望观赏月色，可天黑后却一直待在房间里。我真不明白，我为什么起床，又为什么睡觉。

活跃我生活的酵母没有了；使我深夜里仍然精神饱满的魅力消失了；早

晨把我从沉睡中唤醒的诱惑力也荡然无存了。

这里我发现的唯一的女性就是冯·B小姐。她很像您,亲爱的绿蒂,如果有人可能像您的话。“哎哟!”您准会说,“你这人真会献殷勤!”这话倒不见得完全不对。近来我很讲究礼貌,也很机灵,不得不这样呀!女士们说,我说起赞美的话来悦耳动听,谁也比不上我。(您会加上一句:还会说谎。说谎是免不了的。您懂吗?)还是让我谈谈B小姐吧。她感情很丰富,从她的一双蓝眼睛里就可以看得出来。门第成了她的负担,可是满足不了她的任何心愿。她渴望离开这喧嚷的地方,有时候我们一起幻想纯净幸福的乡村生活;啊,还谈到了您!她往往不得不崇拜您,不是“不得不”,而是自愿的,她很喜欢听我谈您,她爱您。

哦,我真想在您那亲切、可爱的小房间里坐在您的跟前,看着我们可爱的小家伙在我们身边翻滚戏耍,要是您觉得他们太吵,我就让他们围在我身边,静静地听我给他们讲可怕的故事。

太阳在白雪闪烁的原野上壮丽地沉落下去,暴风雪过去了,而我,——又得关进我的笼子里。——再见!阿尔贝特在您身边吗?您怎么样?——上帝宽恕我提出这个问题!

二月八日

连续八天,这里的天气坏极了,但是我却很惬意。因为到这里以后,每个阳光灿烂的日子总是让人给糟蹋了,搞得索然无味。碰上下雨、下雪、严寒、化雪天气,哈!我心里想,这下好了。待在屋里并不比在外面差,或者反过来,到外面去倒也不坏。每当早晨太阳升起,晴朗的一天开始时,我便禁不住要喊:这又是一份天赐财富,他们互相又可以你争我夺了!任何东西他们彼此都在你抢我夺,比如健康啦,名声啦,欢乐啦,休息啦!多半是出于愚昧、无知和狭隘，要是听他们自己说，那个个都是菩萨心肠。有时我真想跪下来求他们，不要发了疯似的点燃心头的无名怒火吧。

二月十七日

我担心，公使和我的共事时间不会太长。此公真让人没法忍受。他的工作和办事方式极其可笑，以至于我忍不住要违背他的意愿，往往按我自己的想法和方式行事，所以当然从来都不合他的心意。为此他最近到宫廷去告了我，部长给了我一次警告，虽然很温和，可总还是警告呀。我正打算提出辞呈，正好收到他一封私函①。对这封信我不得不五体投地，对信里表露的崇高、高尚和睿智的思想只有顶礼膜拜。他责备我过于感情用事，认为我在工作效益、影响别人和熟悉业务方面的偏激想法体现了年轻人可贵的勇气，他表示尊重，并不要求我打消这些想法，只是语气上要设法缓和一些，并把它们引导到能够真正发挥作用、产生有力影响的地方去。八天来我增强了信心，心情也舒畅了。心灵的平静是非常珍贵的，它本身就是快乐。亲爱的朋友，要是这美丽而宝贵的珍宝不那么容易碎，该有多好。

二月二十日

愿上帝保佑你们，亲爱的朋友，但愿他把从我这儿扣掉的美好日子统统赐给你们！

感谢你，阿尔贝特，感谢你瞒过了我：我一直等着你们结婚的消息，并

---

① 出于对这位杰出大人的尊敬，笔者从本书中抽出了这封信和后文要提到的另一封信，因为笔者以为，那种冒失的做法即使得到读者最热诚的感谢，也是不能被原谅的。——作者原注

打算在那一天隆重地从墙上取下绿蒂的剪影，把它放在别的文档之中。现在你们已成佳偶，她的肖像仍然挂在这里！好，就让它挂着吧！为什么不挂着呢？我知道，我也留在你们那儿，留在绿蒂心里，这并不损害你，我在她心里，是的，在她心里占着第二个位置，我愿意而且必须保持这个位置。哦，倘若她把我忘了，那我定会发疯的。——阿尔贝特，这个想法太可怕了。阿尔贝特，再见！再见，天使！再见，绿蒂！

三月十五日

我碰到一件倒霉事，它将会导致我被从这里赶走的。我气得把牙齿咬得格格响！真是活见鬼，这事还无法补救，这都是你们的过错，你们鼓励我，催促我，折磨我，要我接受一个不合自己心意的职位。这下我有好果子吃了！这下你们有好果子吃了！为了不让你又说，这一切都是我的偏激思想弄糟的，这里我就给你，亲爱的先生，简单明了地讲讲这件事吧，就像是编年史家把它记录下来的一样。

冯·C伯爵喜欢我，器重我，这事谁都知道，我也对你说过一百遍了。昨天我在他家吃饭，刚巧那天晚上贵族社会的先生太太要在他家聚会，关于这事我想都没有想，也从未留神我们下属不能参加。好吧，我在伯爵府上吃饭，饭后我们在大厅里来回走走，我同伯爵聊了一会儿，又同来参加晚会的B上校谈了一阵，这样，晚会的时间就快到了。上帝知道，我什么都没有去想。这时最最高贵的冯·S夫人带着丈夫和一只孵化得很好的“小鹅”，那位胸脯扁平、穿着紧身胸衣的千金小姐进来了，走过的时候瞪着世袭贵族的眼睛，鼻子翘得老高。对这号人我从心里就很反感。我正等着伯爵无聊的应酬一完，就先告辞，正在这时，我的B小姐进来了。我见到她，心里总有几分欣喜，所以就没有走，站在她的椅子后面，过了一阵子我才发现，她跟我谈话没有平时那么坦率，而且有点发窘。这事引起了我的注意。难道她也和那些人一样，全是一丘之貉？我想着，心里好像被刺伤了，想马上就走。但我并没有走，真希望是我误解了她，要向她道歉，我不相信她真会是这种态度，还希望听到她的一句好话以及……随你怎么想好了。这当间到了很多人，大厅里挤得满满的。来的人中有F男爵，穿戴着弗朗茨一世加冕[1]时的全套行头；有在这种场合按其贵族身份称他为冯·R大人的宫廷顾问R带着他的聋子夫人，等等；那位穿得很寒酸的J也不应忘掉，他那套老古董礼服上的窟窿用时兴的布头打了不少补丁。物以类聚，这帮人物都凑到了一起。我便和几个认识的人交谈，但他们一个个都只有三言两语，爱理不理的样子。我想——我只留意我的B小姐，没有觉察到女人们都在大厅的一端交头接耳，窃窃私语，也没有发觉这种气氛也影响到了男人，冯·S夫人在同伯爵说些什么（这些都是B小姐后来告诉我的），直到末了伯爵朝我走来，把我领到窗户边。

“我们这种奇特的关系您是知道的，”伯爵说，“我发现，参加聚会的人见到您在这儿都很不满意。我本人是说什么也不愿……”——“阁下，”我接下他的话说，“千万请您原谅；我本该早就想到的，我知道，我没有当机立断，对此请您宽恕；本来我早就要告辞了，却让一位恶女神把我留住了。”我笑着补充了一句，同时鞠了一躬。

伯爵深情地握着我的手，一切尽在不言中。我悄悄溜出聚会，在外面坐上一辆双轮马车，向M地驶去，在那儿站在山上观赏日落，同时吟诵荷马描写奥德修斯受到好心的猪倌款待[2]的诗篇。这一切多好啊。

---

① 弗朗茨一世（1708—1765）是神圣罗马帝国皇帝，他的加冕典礼于1745年举行。

② 奥德修斯征战特洛伊，归途中在海上经漫长岁月的漂泊，历尽艰辛，终于回到故乡。他在女神雅典娜的帮助下变成一个年迈的乞丐，受到猪倌尤迈奥的热情款待。事见《奥德赛》第十三歌和第十五歌。

傍晚我回寓所吃饭,饭厅里只剩了几个人;他们都聚在一角掷骰子,把桌布推在一边。这时诚实的阿德林进来了,见了我便脱下帽子,朝我走来,并低声说:

"你碰到堵心的事了吧?"

"我?"我问。

"伯爵把你逐出晚会了吧?"

"让聚会见鬼去吧!"我说,"我倒是很喜欢到外面来呼吸点新鲜空气。"

"那好,"他说,"你倒没有把这事放在心上。这事到处都传开了,真让我生气。"

这时我才开始对此事感到恼火。所有的人,所有来吃饭的人都盯着我,我想,他们都在看我的热闹!这么一想,直气得我火冒三丈。

甚至在今天,我走到哪儿,哪儿的人就对我表示同情,我听见那些妒忌我的人得意洋洋地说:"这下看见了吧,那些狂妄自大的家伙落得个什么下场,他们自以为有点小聪明就趾高气扬,以为可以把什么都不放在眼里了。"诸如此类的狗屁话还有不少。——我真恨不得拿起刀来扎进自己的心窝。当然,人家爱说什么就让他说去,可是我倒要看看,谁能忍受得了让这帮无赖占了上风,对他说三道四;如果说他们讲的这些全是空穴来风,那倒大可不必放在心上。

三月十六日

什么事都让我生气。今天我在林荫道上遇见了B小姐,我忍不住先向她打了招呼。等我们离别人稍远一点,我就向她表示,她最近的态度使我受到了极大的伤害。

"哦,维特,"她语调亲切地说,"您是了解我的心的,怎么能这样来解释我当时的迷惘呢？从我踏进大厅的那一刻起，就为您承受了多大的痛苦呀！这一切我都预见到了，想告诉您，话都千百次到了嘴边。我知道，冯·S夫人和冯·T夫人宁肯带着她们的丈夫一起退场，也不愿跟您一起参加晚会；我知道，伯爵也不会甘愿去得罪他们的。现在事情竟闹得沸沸扬扬！"

"闹成什么样了，小姐？"我问，竭力掩饰着内心的惊吓；这一瞬间，阿德林昨天告诉我的那些事，就像沸腾的开水一样，在我血管里奔流。

"我付出了多大代价啊！"说着，可爱的人儿眼睛里已饱含了泪水。——我控制不住自己了，准备扑倒在她的脚下。

"请说说您所受的委屈吧！"我大声说道。——眼泪从她的脸颊上往下流。我激动极了。她毫不掩饰地擦干眼泪。

"我姑妈您是认识的，"她开始说道，"她也在场，并且，——哦，是以什么样的眼光看着的哟！维特，昨天夜里我熬过来了，今天早上我为了同您交往的事挨了一顿训，不得不听着她贬低您，污辱您，我只能，也只许为您说上一句半句。"

她说的每句话都像一把利剑，刺透我的心房。她体会不到，要是不把这些告诉我，那是多大的慈悲。她接着又告诉我，人家还散布了哪些流言蜚语，为此有些人又是如何洋洋得意。她说，这帮家伙早就指责我狂妄自大、目中无人，现在正为我受到的惩罚而幸灾乐祸，喜不自胜。威廉呀，听了她以最真诚的同情的声音说的这一切，我心烦意乱，怒火中烧。我真希望有人胆敢当面指责我，我好一刀戳穿他的身子；要是见到了血，我心里兴许会好受些。啊，我已经上百次拿起刀子，想在胸口捅上一刀，好透一透憋在心里的闷气。据说有一种宝马，要是被激怒了，赶急了，它就会本能地咬破自己的血管，好透透气。我常常也是这种情形。我也要割断一根血管，使自己获得永恒的自由。

三月二十四日

我已向朝廷提出辞呈，希望能够获准。我没有预先征得你们的同意，你们会原谅我的吧？我是不得不走了，你们会劝我留下，你们要说的话我全都明白，那么——请将此事婉转地告诉我母亲，我自己实在想不出什么法子，如果我不能让她满意，那只好请她自己放宽心了。当然，她一定很难过。她本来可以指望儿子当上枢密顾问或公使的，现在竟看着他一下子就把这个锦绣前程给断送了，又牵着马回到了马圈！你们爱怎么想就怎么想，也可以提出种种我能够留下和应该留下来的理由，可是一句话，我要走了。告诉你们，我要去的地方就是这里的侯爵那儿。他很乐意同我结交，得知我的意向后，便邀请我同他到他的庄园去，共度美好的春天。他答应，一切都由我自己决定，因为我们在许多问题上都能相互理解，所以我就想碰碰运气，跟他一起去。

信　息

四月十九日

感谢你的两封来信。我没有回复，我把信压下了，等宫廷批准我的辞呈；我担心母亲会去找部长，给我的计划增加困难。但是现在好了，我的辞呈批下来了。我真不愿告诉你们，他们很舍不得让我走，部长给我的信里是怎么写的——你们知道了又会埋怨的。王储送给我二十五个杜卡登[①]作为辞职金，总之，我感动得流下了眼泪。上次我曾写信向母亲要钱，现在不需要了。

五月五日

明天我就要离开这里，经过的地方离我的出生地只有六里之遥，因此我

① 杜卡登，14 至 19 世纪欧洲流通的金币。

想再去看看，重温往日那些充满幸福梦想的日子。父亲去世以后，母亲带着我走出大门，离开了这亲切可爱的地方，蛰居在她出生的那座城里，这次我又将走进那扇大门。再见，威廉，我会把旅途中的情况告诉你的。

五月九日

我怀着朝圣者的虔诚结束了对故乡的朝拜，一些意想不到的感情使我激动不已。在离城还有一刻钟光景，在通往S地路旁的那棵大菩提树跟前，我让邮车停下，下车后便让邮车继续往前，我则安步当车，随心所欲地重新生动地品味对往事的回忆。我站在菩提树下，这棵树是我童年时代散步的目的地和界限。真是白云苍狗，世态变幻无常！那时我天真烂漫，少不更事，渴望到外面陌生的世界去，好使我的心汲取营养，享受欢乐，使我奋发向上和充满渴慕的胸怀得到充实和满足。现在我从广阔的世界回来了。——哦，我的朋友，我回来了，带来的却是破灭的希望，失败的计划！——我望着面前的高山，当年我曾千百次想去攀登的高山。我可以在这里一连坐上几个小时，思绪越过高山，在森林和山谷中神游，在我眼前显得如此亲切、朦胧的森林和山谷中神游；到了该回家的时刻，我离开这个可爱的地方时，是多么恋恋不舍哟！

离城越来越近了，我向所有往日熟悉的花园房舍问候，而那些新建和改建的房舍则令我反感。一进城门，我立即完完全全找到了自己的童年。亲爱的，我不想一一细说了；这一切对我具有非凡的魅力，但说起来恐怕是非常单调乏味的。我决定在集市上投宿，就挨着我们的老家。在往那儿去的路上我发现，那间教室，那个我们在一位诚实的老太太管束下度过了童年的地方，现在已成了一家杂货铺。我回想起当年在这间斗室里所经历的不安、哭泣、神志的迷惑和心灵的恐惧。——每走一步都感触良多。一个朝圣者到了圣地恐怕也不会遇上这么多记忆中的圣迹。他的心灵也难以盛满这么多神圣的激情。

我还要说一说记忆中千百次经历中的一次。我沿河而下,来到一户农家;这也是我当年常走的路,那时我们男孩子常在那里用扁石块练习往河里打水漂,看谁打的水漂儿最多。我还印象鲜明地记得,有时我站在那里,注视着河水,脑子里奇奇怪怪地揣摩着河水流去的那个奇妙的地方,不一会儿我的想象力就到了尽头;但是我的思绪还在继续驰骋,还在不停地驰骋,直至消失在看不见的远方。——你看,亲爱的朋友,我们杰出的先祖[①]见识多么局限,却又这么幸福快乐!他们的感情,他们的诗歌又是多么天真!奥德修斯谈起无垠的大海和无际的陆地时,是多么真实、感人,多么亲昵、贴切和神秘啊!现在我能对每个学生说地球是圆的,对我又有何用?人只要一小块土地便可在上面安居乐业了,而用来安息的,有一抔黄土就够了。

现在我到了侯爵的猎庄上。这位爵爷为人真诚,纯朴,同他很好相处。但他周围的人却很奇怪,我完全不能理解。他们似乎并非卑鄙小人,但也不像正人君子的样子。有时我觉得他们是正派的,可是我仍不能予以信任。我最感到遗憾的是,侯爵所谈之事往往是道听途说的或是书上看到的,他对事情的看法全是别人向他介绍的,没有他自己的见解。

他也很器重我的智慧和才能,但不太重视我的心,可是我的心才是我唯一的骄傲,唯有我的心才是我一切力量、一切幸福和一切痛苦的源泉。啊,我知道的,人人都知道——唯有我的心才为我所独有。

五月二十五日

我脑子里曾有过一个打算,在计划实现以前原本不想告诉你们的:

① 杰出的先祖,指过去的大诗人,这里主要指荷马。

现在计划已成泡影，所以说了也无妨。我本想去从军的，这事我在心里已经盘算很久了。侯爵是某地的现役将军，主要是由于这个原因，我才跟他到这里来的。有次散步时我向他透露了自己的打算；他劝我打消这个念头，说除非我真是出于热情，而不是一时心血来潮，否则还是听从他的劝告为好。

六月十一日

你爱怎么说就怎么说吧，我可不能再在这里待下去了。我在这儿干什么？我觉得日子真是长得无聊。侯爵待我很好，真是好得没法再好了，但我总觉得不对劲儿。我们之间根本没有共同之处。他是一个有智力的人，不过他的智力极其一般；同他交往真还不如去读一本书来得愉快。我还要在这儿待八天，然后我又将漂泊四方。我又拿起笔来作画了，这是我在这里所干的最出色的事。侯爵颇有艺术感受力，如果他不是被那些讨厌的科学概念和一般术语框住，那他的感受力还会强得多。有时候，正当我怀着热烈的幻想向他畅谈自然和艺术的时候，他却自鸣得意地一下子插上一句关于艺术的陈词滥调，真把我气得直咬牙。

六月十六日

是呀，我只不过是个漂泊者，尘世间的匆匆过客！难道你们就不是吗？

六月十八日

我要去哪儿？让我向你敞开心扉吧。我还得在这儿待十四天，然后我打算去参观某地的矿山;其实,这并不是我的目的,我只是想藉此再挨绿蒂近一些,仅此而已。我自己也在笑我这颗心——不过我还是顺从了自己心灵的愿望。

七月二十九日

不,这很好!一切都妙极了!——我——她的丈夫!啊,上帝,你创造了我,要是你赐给我这个福分,我会向你祈祷一辈子的。我不会为此争辩的,宽恕我的这些泪水,宽恕我的这些非分之想吧!——她,做我的妻子!假如我能把这天底下最最可爱的人儿紧紧搂在怀里——每当阿尔贝特搂住她的纤腰,威廉呀,我全身就会战栗不已。

我可以披露真情吗?为什么不可以,威廉?她跟我在一起会比跟他在一起更幸福!哦,他不是能够满足她的全部心愿的人。他缺乏某种感性,缺乏……随你怎么想吧;在读到一本心爱的书中的某一处——哦——我和绿蒂就会有一种心灵的交融,而他的心却不会有共鸣;更有许许多多次,当我们说到对某个人行为的看法时,情况也是如此。亲爱的威廉!——虽然他实心实意地爱她,但是这样的爱他受之有愧!——

一个令人讨厌的家伙打断了我的思绪。我的泪水已经擦干。我心烦意乱。再见,亲爱的!

八月四日

也不只我一个人的情况是这样。每个人的希望都成了泡影,每个人的期望都受了欺骗。我去看望了菩提树下的那位善良的妇人。她的大儿子欢叫着朝我跑来,听到叫声他母亲也来了。她脸上的神情十分忧郁,见了我,她的第一句话便是:“好心的先生,唉,我的汉斯已经死了!”——汉斯是她最小的儿子。我默然无语。——“我的丈夫,”她说,“已经从瑞士回来了,两手空空,什么也没有带来,要不是遇上好人,他真得沿途乞讨了。一路上他发着高烧。”

我不知对她说什么好,就给了孩子一些钱;她请我拿几个苹果走,我接受了,随后便离开了这个令人伤心的地方。

八月二十一日

一转眼的工夫,我的情况就完全变了。有时生活又透出一缕欢乐的光辉,啊,可惜只有一瞬间!——每当我沉湎于梦幻之中,我便禁不住会想:假如阿尔贝特死了,会怎样呢?你就会……是的,她也会……——于是我就想入非非,直至到了万丈深渊的边缘,吓得胆战心惊,才赶忙缩回来。

我出了城门,沿着第一次去接绿蒂参加舞会的那条路走去。一切都变了!一切,一切都成了过眼烟云!昨日世界的踪影已经全然无存,我那时激荡的感情亦已消逝。我觉得就像是一个幽灵回到已遭焚毁的宫堡——他当年身为显赫的侯爵建造了这座城堡,并把它装饰得金碧辉煌,临终时满怀希望留给了他的爱子,可是现在城堡已经成了一片废墟。

九月三日

有时我真不理解,怎么有另一个人能够爱她,可以爱她,殊不知我爱她爱得如此真切,如此忘情,如此情意缱绻,除了她我什么也不了解,什么也不知道,什么也没有呀!

九月四日

是的，事情正是这样。正像自然界已经临近秋天，我的心里和我周围也是一派萧飒秋意了。我的树叶正在变黄，近处的树木已经开始落叶。我刚来这里时，不是曾经对你讲起过一位青年农民的事吗？现在我又在瓦尔海姆打听他的情况；听说他已被解雇，被撵走了，谁也不愿再去了解他的情况。昨天我在通往另一个村子的路上与他邂逅，我向他打招呼，他给我讲了他的故事，我备受感动，要是我再把他的故事讲给你听，你定会容易理解的。可是说这些干什么呢？干吗不把这令我担忧、使我难受的事保留在自己心里呢？干吗还要让你伤心呢？干吗我要不断给你机会让你来怜悯我，骂我呢？莫非我的命运也是如此！

我问起他的情况，这位青年农民才开始讲他的遭遇，带着默默的哀伤，还有几分羞涩；但是他仿佛一下子重新认识了自己和我似的，马上变得极为坦率。他向我承认了自己的错误，开始悲叹自己的不幸。我把他的每一句话都告诉你，我的朋友，请你来判断吧！他承认，他甚至是怀着品味往事的幸福心情告诉我说，他心里对女东家的恋情与日俱增，后来简直乱了方寸，不知道自己该干什么，该说什么，整天魂不守舍。他吃不进，喝不下，睡不着，嗓子眼里好像堵住了一样，不该做的事，他做了；交待给他的事，他忘了。他仿佛中了邪似的，直到有一天他得知她在楼上房里，于是便追了去，其实是一步步跟着她上去的；因为她不肯听从他的请求，他竟想对她施暴了；他自己也弄不清是怎么回事，上帝作证，他对她的意图始终是真诚的，他只想要她嫁给他，同他过一辈子，除此以外，并无别的念头。他已说了好一阵，所以开始有些结巴了，就像一个人明明还有话要说，但又吞吞吐吐地说不出口。最后他羞答答地向我坦白，她允许他可以有些小的亲昵的表示，还容许他贴近她。讲的过程中他曾中断两三次，一再信誓旦旦地说，他说这些并不是为了败坏她的名声，他还像以前一样爱她，尊敬她，还说，这件事从未从他口中透露过，他所以告诉我，只是要让我相信，他并不完全是个脑袋发昏的无聊之辈。——我的挚友，说到这里，我又要重弹那曲百听不厌的老调了：要是我能让你对这个当时站在我面前，现在还站在我面前的人有个鲜明的印象，那该多好！要是我能毫不走样地告诉你这一切，好让你感觉到我对他的命运有多么同情，还不得不同情，那又该多好！不过，够了，因为你也了解我的命运，也了解我这个人，所以你一定也非常清楚，我为什么关注所有不幸的人，尤其是这个不幸的人。

我重读了这封信，发现忘了讲这个故事的结局，不过这个结局并不难猜想。她拒绝了他；她的弟弟对他本来怀恨已久，早就想把他从家里撵出去，所以这时也插手加以干涉，这是因为她没有孩子，所以将由她弟弟的孩子来继承她的财产，这个希望是十拿九稳的，他担心，姐姐一旦再婚，那么他的孩子就将失去财产继承权。因此，她弟弟立刻就把这个年轻的长工赶出家门，并且把事情闹得沸沸扬扬，使得女东家即使想要再雇他也不可能了。现在她又另雇了一个长工，据说为了这个长工，她又同弟弟吵翻了，有人十分肯定地说，她准会嫁给他的，可是她弟弟却坚决不让她再嫁人。

我对你讲的这些，绝无夸大，也无粉饰，甚至可以说讲得平淡无味，极不生动，而且用的是我们历来习惯的一本正经的言辞，所以也就不会深切感人。

这样的爱情，这样的忠诚，这样的激情绝非文学的虚构。它确实存在，这样纯真的爱情就存在于那个阶级之中，而那个阶级的人却被我们称为没有教养的，粗鲁的。可是我们这些有教养的人，一个个都被教育成糊涂蛋了！我请你以虔诚的态度读一读这个故事。我今天写下它的时候，心情是平静的；你从我的字迹可以看出，我不像往常那样写得龙飞凤舞，乱涂一气。

读吧，亲爱的朋友，读的时候你该想到，这也是你朋友的故事啊！是呀，我过去的境遇就是这样，将来也是这样。我的勇气，我的决心还没有这位可怜的不幸者的一半，我简直怀疑自己能否与他相比。

九月五日

绿蒂的丈夫因事还逗留在乡下，她给他写了一张便笺。信是这样开头的："最好的、最亲爱的，一旦能够脱身，就快回来，我怀着无穷的喜悦在等你。"——来了一位朋友，捎来消息说，他因故还不能马上回来。她写的便笺还在那儿放着，晚上落到了我手里。我读着，微微笑了起来；她问我因何而笑？

"想象力真是上帝所赐予，"我大声说，"一瞬间我竟异想天开，仿佛觉得这张便笺是写给我的呢。"——她没有说话，似乎不大高兴，我也沉默不语。

九月六日

我好不容易才下定决心，把我第一次同绿蒂跳舞时穿的那件朴素的蓝燕尾服脱了下来。这件衣服穿到后来已经旧得穿不出去了。我又让人照原样做了一件，领子、翻边袖口也和原来这件一模一样，还配了黄坎肩和黄裤子。①

可是这套新衣服穿起来总不及原先那套称心。我不知道什么原因——我想过些时候大概也会喜欢的。

① 这套衣服被称为"维特装"。歌德这部小说发表后，穿"维特装"成了一种时髦。

九月十二日

为了去接阿尔贝特，她外出了几天。今天我走进她的房间，她便向我迎来，我欣喜若狂地吻了她的手。

一只金丝雀从镜台上飞来，落在她的肩上。

“一位新朋友，”她一边说，一边把鸟儿诱到自己手上，“这是给我的弟妹们的。这鸟儿太可爱了！您看！每当我给它喂面包时，它就扑腾着翅膀，乖乖地啄食。您瞧，它还吻我呢！”

她向小鸟噘着嘴，它便将喙子凑到她的两片芳唇上，仿佛小鸟儿也能体会到它所领受的这份幸福似的。

“让它也来亲亲您。”说着她便把小鸟递了过来。——小鸟的喙儿筑起一条从她的嘴唇通往我的嘴唇之路，它的喙儿同我的嘴唇轻轻一触，我仿佛就闻到了她的一缕甘美的气息，领受到了她的绵绵情意。

“小鸟的吻并非完全没有欲求，”我说，“它在寻找食物，光是空空地亲热一下它并不满足，又要缩回去的。”

“它还从我嘴里啄东西吃呢。”她说。——她用嘴唇夹了些许面包屑喂它，她的唇上绽出了欢乐的微笑，透着天真无邪的爱怜。

我转过脸去。她不该这样做，不该用这种天真无邪、销魂荡魄的动作来刺激我的想象力，不该把我这颗常常对人生感到淡漠的心从酣睡中唤醒！——为什么不该？——她是如此信赖我！她知道，我是多么爱她！

九月十五日

我真要疯了，威廉！世界上有点价值的东西本来就不多，可是竟有人对之毫无感情,不知珍爱。你知道那两棵胡桃树,我和绿蒂一起去看望某地的那位坦诚的牧师时曾在树下坐过。就是这两棵美丽的胡桃树,上帝知道,它们一直给我最大的欢乐,充实我的心！这两棵树使牧师的院子变得多么温馨,多么凉爽！两棵树的枝桠是何等秀美！看到这两棵树我就不禁怀念起多年前栽种它们的两位可敬的牧师。学校老师常常提到其中一位牧师的名字,这个名字他是从祖父那儿听来的,说这位牧师是个老实人,每次到树下我总怀念他,心里充满神圣的感觉。告诉你,威廉,这两棵树被砍掉了——砍掉了！昨天我同老师谈到此事,他流了泪。我简直气疯了,我真想宰了那个砍第一斧头的狗东西。倘若我的院子里有这么几棵树,我不得不眼睁睁地看着其中一棵慢慢地老死,那我定会难过得死去活来的。亲爱的朋友,从这件事情上倒是看到了一点,那就是:人间自有真情在！这两棵胡桃树被砍以后,全村怨声载道,人们愤愤不平。我希望牧师夫人看到黄油、鸡蛋和别的贡品的减少,就能体会到,她给本村造成的创伤有多大！砍胡桃树的正是她,新牧师的这位夫人(我们的老牧师也已去世)。她是个瘦骨伶仃、病病歪歪的女人,因此她压根儿就不留恋这个世界,别人也不同情她。这个疯女人,装出一副学识渊博的样子,混入研究经典①的行列,甚至下功夫从道德批判的角度对基督教进行新式改革,对于拉瓦特②的狂热耸耸肩膀,不以为然,结果损害了自己的健康,所以在上帝的土地上得不到一点欢乐。也只有这种人才会把我的胡桃树砍掉。你看,我真难以平息胸中之怒火！你可以设想一下:落叶使她的院子不干净并有霉味,两棵树遮住了她的光线,而且核桃熟了,男孩子们就会掷石头去砸,这些都触动了她的神经,

---

① 指教会正式认可的《圣经》版本。

② 参见"上篇"7月1日信中注释。

而当她正在权衡肯尼科特[①]、塞姆勒[②]和米夏艾利斯[③]之间孰优孰劣的时候，那就会影响她进行深入思考。

我看到村里的人，尤其是老人，个个都如此不满意，就说："你们当时为什么让她砍呢？"

大伙儿说："我们这里，村长同意了，你有什么办法呢？"

但是有件事倒还算公道。牧师还从未尝过他夫人异想天开带来的甜头，这回他也想捞点油水，就同村长商量好，把卖树的钱对半分了塞进各自腰包。但爵爷设在当地的财务机构得知此事后，便说："把树抬到这里来！"因为这两棵树原本长在牧师的院子里，而地方财务机构又对牧师的院子拥有产权，所以机构就把这两棵树卖给了出价最高的人。现在这两棵树还在地上！唔，我要是侯爵，我就要把牧师夫人、村长和财务机构全给……侯爵！——对，我要是侯爵，我还去为我领地上的两棵树操什么心！

十月十日

只要看到她那双乌黑的眸子，我就心花怒放！你看，使我感到沮丧的是，阿尔贝特看上去好像不那么高兴，不像他——所希望的——不像我——以为的——假如——我不喜欢用破折号，但这里我没有其他办法来表达——我想这就够清楚的了。

---

① 肯尼科特（1718—1783），英国神学家，1753年以后对《旧约》圣经的文本批评作出了开拓性的贡献。

② 塞姆勒（1725—1791），德国神学教授，他发现《圣经》典籍中有些地方有"犹太地域思想"，因而认为《圣经》的各部书卷的价值差异很大。

③ 米夏艾利斯（1717—1791），德国哥廷根东方语教授，专门研究东方古代的风俗习惯，开创了对《圣经》进行哲学批评的研究方法。

十月十二日

莪相已把我心中的荷马挤走了。这位伟大的诗人把我引进了怎样的一个世界！我漫游在狂风呼啸的荒原，四周浓雾迷漫，月色朦胧，先祖的幽灵随风飘忽不定。我听到山上传来激流穿过森林奔腾澎湃的轰鸣，时而还从洞穴中隐隐约约飘来幽灵的呻吟，以及痛不欲生的少女的恸哭，她在长满青苔、杂草丛生的四块墓石旁哀悼那位光荣阵亡的战士，她的情人。随后我发现了他呀，这位白发苍苍的游吟诗人，他正在辽阔的荒原上寻找他先祖的足迹。啊，他找到了先祖的墓碑，后来他伤心地凝视着那颗射进滚滚云海之中的可爱的金星，往昔的时光又在英雄心中重现，那时，这亲切的星光也曾照亮勇士遭遇的险境，月亮曾辉映着他们扎着花环凯旋的战船。我看到诗人的额上刻印着深深的忧伤，看到最后这位孤独的英雄已经筋疲力尽，看到他蹒跚着朝坟墓走去，在逝者虚幻无力的影子中不断吸吮新的、令人悲痛的欢乐，俯视着冰冷的土地和高高的、随风摇曳的野草，嘴里在呼喊："那位旅人将会到来，将会到来，他曾见过我年轻时美丽的面容，他将会问：'那位歌手，芬戈尔杰出的儿子①在哪里？'他的脚步将跨越我的坟墓，他在世上到处找我，但是毫无结果。"②——哦，朋友！我真愿像高贵的勇士，拔出剑来，一下就让我的侯爵从缓缓死去的痛苦折磨中解脱出来，然后再将我的灵魂遣送给这位获得解脱的半神。

---

① 喻指莪相。芬戈尔是传说中的人物，相传为古代爱尔兰国王，莪相被认为是他的儿子。

② 这段引文出自莪相的诗《巴拉松》。这里维特是凭记忆引用的，只是大概意思。这一段的完整文字（维特根据英文翻译的德文），维特后来又朗诵了一次。

十月十九日

啊，这虚空！在这儿我胸中所感到的可怕虚空！——我常常想，倘若你仅只一次，仅只一次能将她拥在心口，那么，这个虚空整个儿都可填满。

十月二十六日

是的，亲爱的朋友，我确信，而且越来越确信，一个人的生命无足轻重，微不足道。绿蒂的一位女友来看她，我便走进隔壁房间，拿起一本书，可又读不下去，于是便拿起笔来写信。我听见她们在轻声说话；她们彼此都说了些无关紧要的事，城里的新闻，诸如谁结婚了，谁病了，病得很厉害之类。

“她老是干咳，脸颊上颧骨也突出来了，还常常晕过去；我看，她的日子不长了。”客人说。

“N.N.也病得很重。”绿蒂说。

“他身上肿了。”另一位说。

我那活跃的想象力把我带到这两个可怜人的床前；我见他们在苦苦挣扎，怎么也不肯告别人生，我看见——威廉呀！两位女士正在谈论他们，就像她们在谈一个陌生人死了一样。——我环顾四周，打量着这个房间，我周围挂着绿蒂的衣服，放着阿尔贝特的文稿，还有那些我非常熟悉的家具，甚至连那只墨水瓶我也熟悉。我想：看呀，总而言之，对这家人来说你算什么呀！你的朋友尊敬你！你常常给他们以快乐，你这颗心离开他们就无法活下去；可是——假如你现在走了，假如你离开了这个圈子呢？他们会感到因失去你而给他们的命运造成的空白吗？这种感觉将会有多久？多久？——啊，人生如朝露，即使在他对自己的生活最最确信的地方，在他心爱的人的思念中和心灵里，他也必定会风流云散，荡然无存的，而且这一时刻马上就将到来！

十月二十七日

人们相互之间的情分竟是如此淡薄，气得我常常想撕裂自己的胸膛，撞碎自己的头颅。啊，爱情、欢乐、温暖、幸福，我不把这些给予别人，别人也不会给予我，而且，即使我心里充满幸福，而站在我面前的人是冷冰冰的，有气无力，那我也不会使他幸福呀。

十月二十七日，傍晚

我拥有如此之多，对她的感情却将我的一切吞噬；我拥有如此之多，没有她我的一切都将付诸东流。

十月三十日

我已经上百次起了去搂她脖子的念头！伟大的上帝知道，一个人看到面前有那么多心爱的东西，却不能伸手去攫取，他心里该多么难受！伸手去取，这原本是人类最自然的本能。婴儿不是见到什么都抓吗？——而我呢？

十一月三日

上帝知道！我躺上床的时候常常怀着这样的愿望，有时甚至是希冀：

不要再醒过来。但是早上我睁开眼睛，又看见了太阳，我心里是多么痛苦呀！我的情绪竟会如此反复无常，要是能归咎于天气，归咎于第三者或一次事业的失败，那么我心中难以忍受的不满的重负就可以减轻一半。我真痛苦呀！我真切地感觉到，一切罪过全在我一人——不，不是罪过！够了，潜藏在我心里的一切痛苦之源，也正是当初那个一切幸福之源。当初我感情充沛，到处游荡，所到之处，全是天堂，我的心里可以深情地容纳整个世界，现在的我难道已不是当初的我了？这颗心现在已经死了，从中再也流不出欢乐了，我的眼睛已经干涸，再也不能以清凉的泪水来滋润我的感官，我怯生生地把额头紧锁。我很痛苦，我失去了生命中的唯一欢乐，失去了我用以创造周围世界的神圣而生气勃勃的力量；这种力量现在已经消失！——我从窗户里眺望远处的山峦，但见朝阳升上山顶，冲破浓雾，照耀着宁静的草地；一条河流蜿蜒曲折地穿过树叶凋落的柳林缓缓向我流来，——哦！倘若这壮美的大自然像一幅漆画那样呆板地凝固在我的眼前，倘若任何欢乐都不能从我心里抽取一丝幸福注入我的头颅，那么，我这个人站在上帝面前不就像一口干枯的井和一只漏水的瓶①！我常常倒伏在地，祈求上帝赐予我眼泪，犹如在赤日炎炎、土地干裂之时农人向上苍求雨一般。

但是，唉，我感觉到，无论我们怎么苦苦祈求，上帝也不会赐给我们雨水和阳光。可是当年呢，想起来我心里就难受，那时为什么就如此幸福？那时我耐心地等待他的圣灵到来，满怀虔诚和感激的心情来领受他倾洒在我身上的欢乐。

---

① 这个比喻是从《圣经》故事中引申来的，源出《旧约全书·传道书》12:1—8。原句是："你趁着年幼，衰败的日子尚未来到，就是你所说，我毫无喜乐的那些年日未曾临近之先，当纪念造你的主。不要等到日头、光明、月亮、星宿变为黑暗……吊丧的在街上往来，银链折断，金罐破裂，瓶子在泉旁损坏，水轮在井口破烂，尘土仍归于地，灵仍归于赐灵的上帝。"干枯的井和漏水的瓶象征理想破灭或生命结束。

十一月八日

她责备我太没节制！啊，她言语之间含有多少绵绵情意！说我端起一杯酒，往往就非得喝下一瓶才肯罢休，这就叫没有节制。——“您别这样！”她说，“请您想一想绿蒂吧！”

“想一想！”我说，“要您叫我想吗？我想！——我不想！您时时刻刻都在我心里。今天我就在您新近从马车上下来的地方坐过来着……”

她扯起了别的，引开话题，免得我就此一个劲儿谈下去。我的挚友，我的意志完全被制服了！她可以随心所欲地将我摆布。

十一月十五日

谢谢你，威廉，谢谢你的亲切关怀，谢谢你善意的劝告，而且求你不要着急。让我来忍受吧，虽然我已疲惫不堪，但还有足够的力气支撑下去。我崇敬宗教，这你知道，我觉得，宗教是许多精疲力竭者的手杖，是许多渴得奄奄一息者的清凉剂。只不过——难道宗教对每个人都能有这样的作用，必定都会有这样的作用吗？倘若你看一看这大千世界，你就会发现成千上万的人，无论信教不信教，宗教对他们未曾有过，而且将来也不会有那样的作用。对我来说，难道宗教一定会是手杖和清凉剂吗？上帝之子①自己不是说，在他周围的人都是天父赐予的吗？倘若天父没有将我赐予他呢？倘若如我的心对我所说，天父要把我留在他自己身边呢？——请你不要误解我的意思，

① “上帝之子”指耶稣。关于这句话，《圣经》载：耶稣说，凡是到他那儿去的人都是上帝赐给他的，他不会丢弃他们。请参阅《新约全书·约翰福音》6:37，44，65 和 17:24。维特的这封信集中讨论了宗教问题，再次充分表达了他对宗教既渴望又怀疑的心情。

不要把我这些纯洁而恳切的话理解为嘲讽。我把自己的整个灵魂都袒露在你面前,否则我宁愿沉默:对于大家都跟我一样不甚了然的事,我一个字也不愿说。人的命运不就是受尽那份痛苦,喝干那杯苦酒吗?——既然这杯酒[1]天上的上帝用嘴唇呷一下都觉得太苦,我为何要硬充好汉,装作喝起来很甜呢?在这一瞬间,我的整个生命正在存在与虚无之间颤抖,往昔犹如闪电,照亮了未来黑暗的深渊,我周围的一切都在沉没,世界正随我走向毁灭,在这可怕的瞬间,我为何还要害羞?"我的上帝,我的上帝,为什么离弃我?"[2]这难道不是上帝之子的声音,不是这甘愿受折磨、甘愿清苦、正无法阻挡地走向毁灭的上帝之子喊出的声音,耗尽全部精力徒劳地从内心深处喊出的声音?我为什么就羞于表露自己的想法?他,他能像卷布帛一样把天空都卷将起来[3],尚且逃脱不了那一瞬间,我又何必害怕这一瞬间呢?

十一月二十一日

她看不出,她感觉不到,她正在酿造毒酒,我和她都将被毁掉;满怀狂喜,我将她递给我的这杯毁灭之酒一饮而尽。那亲切的目光,她那经常——经常?——不,不是经常,是有时凝视着我的目光,用意何在?她接受我下意识流露的感情时那喜形于色的样子,还有她额头上表露出来的对我所受痛苦的怜悯,用意又何在?

---

① "这杯酒"原文是这只"杯",语出《圣经》:耶稣受难前曾向上帝祷告说:"我父啊,倘若可行,求你叫这杯离开我吧,然而不要照我的意思,只要照你的意思!"所以这里的"杯"乃"苦杯"或"苦酒"之意。参见《新约全书·马太福音》26:39。

② 耶稣被钉在十字架上时曾发出"我的上帝,我的上帝,为什么离弃我?"的喊声。事见《新约全书·马太福音》27:46。

③ 关于卷天,《圣经》中赞美耶和华的颂诗中有类似的说法:"耶和华,我的上帝啊,你为至大,你以尊荣威严为衣服,披上亮光,如披外袍。铺张苍穹,如铺幔子……"参见《旧约全书·诗篇》104:1—2。

昨天我离开的时候,她握着我的手说:“再见,亲爱的维特!”——亲爱的维特!这是她第一次管我叫“亲爱的”,我听了真是心花怒放,乐不可支。我把这句话反复说了上百次,昨天夜里正要上床的时候,我还自言自语叨叨了好一阵,有次竟脱口而出:“晚安,亲爱的维特!”说过之后自己也禁不住笑自己了。

十一月二十二日

我不能这样祈祷:“让我得到她吧!”可是,我又往往觉得她是我的。我不能这样祈祷:“把她给我吧!”因为她已属于别人。我没完没了地同自己的痛苦开着玩笑;但是我一旦迁就自己的愿望,放松了约束,那就会引出一连串悖论来。

十一月二十四日

她感觉到了我所受的痛苦。今天她的目光深深地透进我的心里。我发现只有她一个人在;我什么也没有说,她则望着我。在她身上我再也看不到花容的俏丽,再也看不到卓越的精神的光辉,这一切全都在我眼前消失了。但是她的目光却更加妩媚,流露着最亲切的关爱和最甜蜜的怜悯,她的目光深深打动了我。我为何不可以伏在她的脚下?我为何不可以在她脖子上印上千百个吻来给予回报?她躲开了,逃去弹钢琴了,她那甜美、轻柔的声音和着钢琴的弹奏,唱起了和谐的歌。我还从未见过她的嘴唇如此迷人;微微启开的两片芳唇,仿佛渴望吸吮钢琴中涌流出来的甘美的声音,只有从她纯洁的嘴里发出奇妙的回声——哦,但愿我能把当时的情景给你描述!——我抵挡不住了,便俯身发誓:芳唇呀,我永远不敢冒昧地对你亲吻,因为唇上飘浮着天上的精灵。——可是——我,想要!——哈!你看,在我的灵魂之前好似耸立着一道隔墙——这份幸福——然后就以毁灭来赎此罪过——罪过?

十一月二十六日

我有时对自己说:你的命运是独一无二的;赞美别人的幸福吧——谁都没有受过你那样的苦。——后来我便吟诵一位古代诗人[①]的诗篇,我觉得好似窥见了自己的心。我啊,已经饱尝了种种痛苦!唉,在我之前,人们难道就已经如此不幸了吗?

十一月三十日

我大概,我大概无法恢复理智了!我无论走到哪里,都会碰到一种乱我方寸的情景。今天!啊,命运!啊,人!

晌午,我沿河边走去,对于吃饭,我毫无兴趣。到处一片荒凉,阵阵冷湿的西风从山上吹来。灰蒙蒙的雨云飘进山谷。我远远看见一个身穿绿色旧外套的人在岩石间爬来爬去,好像在寻找什么野花野草。我朝他走去,他听到我脚下踩出的声音便转过头来。我看到他脸上的表情怪怪的,现出沉痛的悲伤神情,除此之外,则显得诚实与善良;他的头发黑黑的,梳了两个髻,用簪子别着,余下的头发编了一条粗辫子,拖在背上。从他的服装来看,此人的地位似乎很低,我想,要是我对他正在做的事表示出兴趣,他大概不会见怪,因此我就问他在找什么。

---

① 指莪相。

“我在找花，”他深深叹了口气，回答道，“还没有找着。”

“现在可不是开花的季节呀！”我笑着说。

“现在的花还是很多的。”他边说边朝我走下来，“我园里就有玫瑰花和两种忍冬花，其中的一个品种是我父亲送给我的，长得像野草一样；我已经找了两天了，还是没有找到。在野外，花总是有的，黄的、蓝的、红的都有，矢车菊开的是小花，漂亮极了，可惜我一株也没找到。”

我觉得这事有点蹊跷，所以便拐弯抹角地问：“您要这些花干吗？”

他脸上抽搐一下，露出怪怪的笑容。“您可不要泄露出去呀，”他用手指按着自己的嘴唇说，“我答应要给我的心上人一束鲜花的。”

“太棒了。”我说。

“嗯，”他说，“她的东西多得很，可富啦。”

“但是她却喜欢您送的这束花。”我接着他的话茬儿说。

“嗯，”他继续说，“她有好多宝石，还有一顶王冠呢。”

“她叫什么名字？”

“要是联省共和国①雇了我，我早就成了另一个人了！”他说，“从前有一阵子我混得挺不错！现在我可完了。我现在……”他眼泪汪汪地望着天空，一切尽在不言中。

“这么说，您以前很幸福啦？”我问道。

“哎，我真想再像以前那样！”他说，“那时我的日子真不错，过得轻松愉快，简直如鱼得水！”

“亨利希！”一位正在朝上走来的老太太喊道，“亨利希，你躲在哪儿？我们到处找你，该回家吃饭了。”

“他是您的儿子吧？”我走到她跟前问道。

---

① 联省共和国，为尼德兰联省共和国，即荷兰，1581年由北尼德兰七个省组成，17世纪为世界强国。当时在欧洲人心目中荷兰是个很富的国家。

“是呀，我这可怜的儿子！”她答道，“上帝让我背上一个沉重的十字架。”

“他这样子有多久了？”我问。

“像这么安安静静的，已有半年了。”她说，“他恢复到这样，还得感谢上帝，在这以前他疯了整整一年，用链子锁着关在疯人院里。现在他并不伤害别人，只是还老在折腾什么国王啦，皇帝啦。得病以前他是个文文静静的好人，帮着赡养我，还写得一手好字，后来情绪突然变得非常忧郁，发了一次高烧，从此便疯了。他现在的情况您已经看见了。如果要我把他的事细细讲给您听，先生……”

我打断了她滔滔不绝的话，问道：“他自己说，有段时间他生活得很幸福，很自在，那是什么时候呢？”

“这傻子！”她露出怜悯的笑容大声说，“他指的是他神志不清的那会儿，他还老夸耀这段时间，那时他关在疯人院里，神志完全不清。”——这话简直像是晴天霹雳，我听了之后就往老太太手里塞了一枚钱币，急忙离开了她。

“那时你是幸福的！”我一面喊，一面快步朝城里走去，“那时你很自在，如鱼得水一般！”——天上的上帝啊，人只有在获得理智以前或者丧失理智以后才能幸福，难道这就是你安排给人的命运？——可怜的人呀！我可是多么羡慕你的癫狂，羡慕那折磨你的神志错乱！在冬天，你满怀希望出去给你的女王采摘鲜花，为没有采到而难过，但并不理解为什么找不到花。而我呢——我从屋里出来既无希望，也无目的，随后又像来时一样转回住所。——你成天在妄想，倘若联省共和国雇了你，你将成为何样的人。幸福的人啊，你可以把得不到幸福归咎于人间的障碍！你感觉不到，感觉不到，你痛苦的原因就在于你破碎的心和受损的头脑，世上所有的国王对你也爱莫能助。

假如一个病人为求圣水而去遥远的圣泉，结果反而加重了自己的病情，使余下的时日更加痛苦，谁要是嘲笑这个病人，谁就定将死得凄惨悲切；假如一个人心里受尽折磨，为了摆脱良心的悔恨，消除心灵的痛苦而去朝拜那座圣墓[1]，他的脚在尚未开辟出来的路上每迈出一步，对他充满恐惧的灵魂来说就是一滴解痛灵液，每经过一天的跋涉就会使他心上减轻许多烦恼，谁要是嘲笑这位朝圣者，他也必将同样落得个凄惨悲切的下场！——能说这是妄想吗？你们这些坐在软垫上耍嘴皮子的人！——妄想！——噢，上帝！你看看我的眼泪吧！你创造的人已经够可怜的了，你为什么还要再给他一些兄弟，让他们去抢夺他那一点儿东西，抢夺他对你，对你这个无所不爱的神的一点儿信任？我们信赖能治百病的药草，信赖葡萄的眼泪[2]，这些不都是对你信赖的表示？因为你赋予了我们周围的一切以治病和缓解痛苦的力量，而这种力量正是我们不可须臾或缺的。天父，我不认识的天父！天父，你曾充满我的整个心灵，而现在却转过脸去，对我不理不睬，天父啊，把我召唤到你那儿去吧！请你不要再沉默了！对于你的沉默，我这颗焦渴的心灵经受不住了。——一个人，天父，当自己突然归来的儿子搂着他的脖子喊着"我回来了，我的父亲"时，难道他会生气吗？他的儿子还说："按照你的意愿，我的旅程本该坚持得更久，但我中断了旅程，请你不要生气。这个世界到处都一样，劳碌和工作换来报酬和欢乐，但是这些于我又有何用？唯有在你所在之处，我才感到惬意，在你面前无论遭罪还是享受，我都心甘情愿。"——而你，仁慈的天父，难道会将他撵出大门不成？

十二月一日

威廉！上次信上告诉你的那个人，那位幸福的不幸者，曾当过绿蒂父亲的文书，对绿蒂萌生一片痴情，先是藏在自己心里，后来被发现，他为此丢掉

---

① 指基督的墓。

② 葡萄的眼泪为葡萄酒之意。

了工作，被遣送回家，结果发了疯。这个故事我写得干巴巴的，十分枯燥，因为阿尔贝特就是无动于衷地讲给我听的，但是你在读的时候，请体会一下，这个故事对我的触动有多大！

十二月四日

我求你——你看，我这个人完了，我再也无法忍受了！今天我坐在她身边——我坐着，她弹着钢琴，所弹的各种曲调，全都是她内心情感的流露！全都是——全都是！——你以为怎样？——她的小妹妹坐在我的膝上打扮她的布娃娃。我眼里噙着泪水。我低下头，看到了她的结婚戒指。——我泪流满面。——突然，她弹起了那支天籁般甜美的老曲子①，顿时，我心里感到莫大的慰藉，忆起件件往事，忆起以往听这支歌的时光，忆起这中间那些令人烦恼、忧郁的日子，忆起破灭的希望，还有——我在房里走来走去，心里强烈的欲求令我窒息。

“看在上帝的分上，”我说，同时情绪激动地走到她跟前，“看在上帝的分上，请你别弹了！”

她停了下来，怔怔地望着我。“维特，”她微笑着说，这笑容渗进了我的心坎，“维特，您病得很厉害，您连最心爱的东西都厌烦了。您走吧，我求您，请您让情绪安静下来。”

我立即离开她，冲了出去。——上帝啊，你看到了我的痛苦，请你快快将它结束吧！

---

① 这就是维特恋爱伊始就描述过的那支曲子。他在1771年7月16日的信中写道：“她有一支曲子，这是她以天使之力在钢琴上弹奏出来的，那么纯朴，那么才气横溢！这是她心爱的歌，她只要奏出第一个音符，困扰我的一切痛苦、紊乱和郁闷就统统无影无踪了。”维特的爱情始初融入了这支曲子，在他的生活经历了一个圆圈，爱情行将结束之时，又回到了这支曲子，它以压倒一切的力量重新奏响了。

十二月六日

她的倩影时时跟随着我，寸步不离！无论我是醒着还是在梦里，她都充满了我的整个心灵！这里，我一闭上眼睛，这里，在我的内视力汇聚的额头里，都有她那双乌黑的眸子显现。就在这里！我无法向你表述！我一闭上眼睛，她的明眸就出现了；她的眸子犹如海洋，犹如深渊，羁留在我的眼前，萦绕在我的心头，栖息在我额头的全部感官里。

人到底是什么？这被赞美的半神！难道在他最需要力量的时候，正好就力不从心？每逢他在欢乐中飞腾或是在痛苦中沉沦，他都毫不迟疑，可是当他渴望消失在无穷的永恒之中时，却偏偏又恢复了迟钝、冰凉的意识？

编者致读者

我多么希望，我们的朋友在他引人注目的最后几天里能给我们留下充分的亲笔材料，这样他遗书的顺序，就不必被叙述打断了。

我尽最大努力，走访那些可能了解他情况的人，从他们口中收集确切的材料。他的故事很简单，各种说法大体相同，连几件小事也无出入；有分歧的只是对几个有关当事人的思想情操的看法，人们对他们的评判也各执一词。

因此我们别无他法，只好将经过反复努力所获得的情况原原本本地加以叙述，叙述中插进死者的几封遗书，而且对于找到的每一张字条，哪怕是最小的字条也都加以认真研究；再说，事情发生在几个人中间，而当事人又皆非平庸之辈，所以哪怕只想揭示某件事情的真正原始动机，也是难乎其难的。

恼怒和郁闷在维特心里的根，不但越扎越深，而且盘根错节，渐渐占据了他的全部身心。他精神的和谐完全被破坏了，他内心的狂躁和激愤摧毁了他禀赋中的全部力量，导致了极其不利的后果，最后弄得他身心交瘁。为了摆脱这种状态，他苦苦挣扎，他比以前同各种弊端对抗还要胆怯。内心的惊恐不安又耗去了他剩下的精神力量、他的活泼和机敏，从此悲伤整天与他相伴，他越来越不幸，越来越不讲道理，因此也就更加不幸。至少阿尔贝特的朋友都是这么说的；他们认为，阿尔贝特，那位纯洁而温顺的丈夫，现在终于获得了渴望已久的幸福，并决心永远将这幸福守住，而维特对阿尔贝特却不能正确看待，他就像一个每天挥霍无度、弄得倾家荡产、到晚年就只好受苦挨饿的人。他们说，阿尔贝特在这么短的时间里并没有变，他仍是维特一开始所认识、所赏识和尊敬的那个人。他爱绿蒂超过一切，他为她感到骄傲，希望别人也都认为她是最最出众的女子。他希望避免出现任何猜疑，也不乐意同别人分享这份珍贵的财富，哪怕只是一瞬间，哪怕是以最最纯洁无邪的方式，难道我们能因此而责怪他吗？他们说，每当维特在绿蒂那儿，阿尔贝特往往就离开妻子的房间，这倒并不是出于对朋友的憎恨和厌恶，而只是因为他感觉到，有他在场维特总显得有些压抑。

绿蒂的父亲染病在家，只好在房里躺着，他派自己的马车来接她，她便坐车出城了。那是个美丽的冬日，刚下了一场很大的初雪，大地披上了银装。

第二天早晨维特也跟了去，他心想，要是阿尔贝特不来接她，他就陪她返城回家。

晴朗的天气也没有能使他阴郁的心情好起来，他心里感到压抑和沉重，种种哀伤的情景已经深深印入他的脑海中，痛苦的思绪纷至沓来，除此而外，他的内心已经激不起一丝涟漪。

他永远不满意自己，觉得别人的境况更成问题，更加糟糕，他以为，阿尔贝特夫妇间的美好关系已被破坏，为此，他不但责备自己，还对阿尔贝特暗暗怀着不满。

一路上他都在想这个问题。"是呀，是呀，"他自言自语说，并暗暗把牙齿咬得格格响，"这就是亲切、友好、体贴和富于同情心的关系，这就是稳定而持久的忠诚！这是厌烦和冷淡！哪一件无聊的事不比这位珍贵、可爱的妻子更吸引他？他知道珍惜自己的幸福吗？知道给她以应得的尊重吗？他得到了她，好极了，他得到了她。——这我知道，别的我也知道，我已经习惯这样想了，他还会使我发疯的，他还会把我干掉。——他对我的友谊难道无懈可击吗？他不是把我对绿蒂的依恋视为对他权利的侵犯吗？把我对她的呵护看作是对他的无声谴责吗？我知道，我感觉到，他不乐意看到我，他希望我离开，我在这儿对他是个累赘。”

他往往停下自己飞快的步伐，默默地站着发呆，似乎想往回走；然而他又继续往前走去，心里想着这些事，嘴里唠唠叨叨，好像极不愿意似的来到了猎庄。

他进了门，问起老人，问起绿蒂，他发现一家人的情绪都很激动。最大的男孩告诉他，在瓦尔海姆那边发生了一件不幸的事，一个农民被打死了！——维特对这件事没有在意。——他走进房里，发现绿蒂正在劝阻她父亲，因为老人要抱病到那边去，到出事地点去调查案情。案犯是谁尚不清楚，被害者是当天早晨在屋门口被发现的，人们对此有种种猜测：被害人是寡妇的长工，而寡妇先前雇的那个长工又是怀着不满的心情离开的。

听到这些情况，维特心里猛地一震。——“完全可能！”他叫道，“我得立即过去，一刻也不能耽误。”——他急匆匆地往瓦尔海姆奔去，往事历历在目。他毫不怀疑，这案就是那个农民作的，他曾多次与此人交谈过，并且还很器重他呢。

死者停放在小酒店前面，要去那儿，必须从那两棵菩提树下经过。他到了那个以前如此喜爱的小场地，不觉心里一震。邻居的孩子常常坐在上面玩耍的那条门槛溅满鲜血。爱情和忠诚，这人间最美好的感情，现在变成了暴力和凶杀。高大的菩提树披着严霜，已经片叶无存。隆起在公墓矮墙之上的树篱，叶子也都已凋落，从疏疏落落的空隙中可以看到白雪覆盖的墓碑。

全村人都聚集在酒店前面，当他走近那儿时，突然起了一阵喊喳声。人们看见一队武装人员正朝这儿走来，大家都在叫喊：凶手抓来了！维特朝那边望去，已经不再怀疑了。是的，就是那个对寡妇爱得刻骨铭心的长工，不久前他默默吞下一团怒火，心灰意懒地四处徘徊时，维特还碰到过他。

“你这不幸的人，都干了些什么呀！”维特边喊边朝被捕者走去。——犯人默默地望着他，没有说话，最后泰然自若地说：“谁都别想得到她，她也别想嫁人。”——犯人被押进酒店，维特便匆匆离开了那儿。

这件可怕的暴力事件对他的触动不小，他的方寸全乱了。刹那间，他摆脱了悲伤，摆脱了压抑，摆脱了心如死灰的情绪，一种不可抗拒的同情心左右着他，使他产生一种不可名状的欲望：一定得挽救这个年轻人！他觉得这个农民太不幸了，即使是案犯相信他也是无辜的。他把自己完全摆在这个农民的位置上，确信他也能说服别人对此深信不疑。他甚至希望能为他辩护，生动的辩护词都快要从嘴里蹦出来了。他急忙奔向猎庄，路上已忍不住把要向法官陈述的话低声说了出来。

他走进房里，发现阿尔贝特已在那儿了，一时间他很扫兴；不过他立刻重新振作起精神，激昂慷慨地向法官陈述了自己的看法。但是法官却屡屡摇头，虽然维特使出浑身解数为青年农民辩护，而且依据实情讲得情真意切，热情洋溢，可是法官仍然未为所动，这一点倒是不难想象的。他甚至不让我们的朋友把话讲完，就激烈地加以反驳，并且责备他是在袒护杀人犯；法官向他指出，如果按照他的意见去办，那么法律就得统统取消，国家的安全也将彻底毁掉；他还补充说，在这样的事情上他不能不负起最大的责任来，一切都必须依法办事，照章处理。

维特还不甘心，他恳求说，假如有人愿意帮助犯人逃跑，希望法官能高抬贵手，睁一眼闭一眼！这个请求也遭到法官拒绝。这时，阿尔贝特终于插话了，他也站在老法官一边。维特独木难支，意见得不到支持，法官还屡屡对他说：“不行，他没救了！”听了这话，维特怀着极其悲痛的心情走了。

这句话使得维特的精神有多颓丧，我们从一张字条上便可看出。这张字条是从他的文稿中找到的，肯定是当日所写：

“不幸的人呀，你没救了！我看得出，我们都没救了。”

阿尔贝特最后当着法官的面所说的关于被捕者的那番话，维特听了反感之极：他认为阿尔贝特的话里带刺，是针对他的。经过反复思考，他机敏的头脑虽然也明知法官和阿尔贝特两人是对的，但是他觉得如果他承认了，认输了，仿佛就意味着放弃了自己内心深处的依托。

我们在他的文稿中又找到一张与此事有关的字条。这张字条也许表露了他和阿尔贝特的整个关系：

“尽管我对自己说，而且反复地说：他是正派人，是好人，但是这有什么用呢，我的五脏六腑都碎了；叫我如何公正得了！”

这天傍晚天气很温和，雪也开始融化了，所以绿蒂便同阿尔贝特步行回家。路上她左顾右盼，仿佛少了维特的陪伴，心里颇为惦念似的。阿尔贝特便开始谈他，谴责他，但同时也为他说了些公道话。他说到维特不幸的激情，希望尽可能不和他来往。——“我希望这样做，也是为了我们呀。”他说，“我求你，”他接着说，“设法让他改变对你的态度，让他少来看你。人家在注意了，我知道，到处都有人在说闲话呢。”——绿蒂没有吭声，阿尔贝特好像已经感觉到了她的沉默，至少从这时起他不再在她面前提维特了，如果她提到，他也不做声，或者把话题岔开。

维特为救那个不幸的人所做的无望的努力，是正在熄灭的火苗最后一次竭力燃烧；这次努力的失败使他感到自己已经无能为力，因而更深地陷入痛苦之中；特别是当他听说犯人矢口否认自己的罪行，因此可能要求他出庭证实犯人的罪行时,他几乎气疯了。

他在以往公务生活中所碰到的种种不愉快的事情,在公使馆里的恼恨,他遭到的种种失败,受到的种种屈辱,这时一齐在他心头上下翻腾。凡此种种使他觉得自己一事无成,似乎是命中注定的,他觉得自己的前途已经毫无希望,就连应付日常生活的法儿也没有了;到头来他便完全任凭自己奇怪的感情、想法以及无休无止的激情所摆布,始终没完没了地同那位温柔可爱的女子缠磨,不但扰乱了她的平静,而且既无目的又无希望地耗费着自己的精力,一步步走向悲惨的结局。

这里我们插进他的几封遗书,关于他的迷惘、他的激情、他无休止的奋斗与追求,以及他对人生的厌倦,这些信件就是最有力的证明。

十二月十二日

亲爱的威廉,我现在的情况,那些据说被恶魔撵得四处乱撞的不幸的人应该几乎都经历过。有时,我心绪不宁;这既非恐惧,亦非欲念——这是内心的莫名狂涛,它似乎要撕裂我的胸腔,扼住我的咽喉!痛苦呀,痛苦!于是我只好在这与人作对的季节里[①]到可怕的黑夜中去游荡。

昨天晚上我不得不出去。那时忽然开始化雪了,我听见河流泛滥,溪水猛涨,从瓦尔海姆冲来的山洪淹没了我那可爱的山谷!夜里十一点多我奔了出去,看到狂暴的山洪在月光映照下从岩崖上奔腾而下,回旋激荡,淹没了田地、草场、树篱和一切,将宽阔的山谷变成了一片翻腾的汪洋,汹涌的波涛合着狂风的呼啸,那景象真是可怕!后来,月亮又出来了,高悬在乌云之上,山洪映着可怖而瑰丽的反光,在我眼前激荡翻滚,奔腾咆哮;我感到一阵

① 指严冬。

战栗,接着又生出一种渴望!啊,我张开双臂,面对深渊喘息着。跳下去!跳下去!我沉浸在狂喜中,要把我的痛苦和烦恼一股脑儿投进深渊!像波涛一样奔腾咆哮而去!哦!——我却不能从地上抬起脚来结束一切苦恼!——我的时辰还未到,这我已觉察!威廉呀,如果能驾狂风去把乌云驱散,将洪水制服,那么我多么愿意为此把我的生命贡献!哈哈!那个被囚禁的人是不是或许也会得到这份快乐?——

俯视下面,我和绿蒂曾兴致勃勃地在那儿散步,还曾在一棵柳树下息歇。——现在那地方已被洪水吞没,那棵柳树我几乎已经不再认识。俯视那个所在,我是多么伤心!威廉呀!我也想到她家的草地,她家那座猎庄周围的地方!我们的凉亭不知被汹涌的激流毁成了何等模样!想到这些,往昔的阳光照进了我的心灵,犹如囚徒梦见了羊群、牧场和各种显赫职位。我站立着!——我不责骂自己了,因为我有了死的勇气。——我要是果真……我现在坐在这里像个老太婆,从篱笆上捡些柴火,挨门逐户讨些面包,好让行将就木的、毫无乐趣的人生再苟延片刻,轻快一时。

十二月十四日

这是怎么回事,我亲爱的朋友?我对自己都害怕了!我对她的爱难道不是最神圣、最纯洁、最富亲情之爱吗?我曾经感觉到灵魂里存有该受惩罚的企望?——我不想保证——然而现在却有这许多的梦!哦!有的人把对这些矛盾的反应归咎于鬼怪的捉弄,他们的感觉是千真万确的!这一夜!——说来我都发抖——这一夜,我将她搂在怀里,紧紧贴着我的胸脯,在她情话绵绵的嘴上印了千百个吻;我的眼睛在她醉意朦胧的明眸中浮沉!上帝啊!回想起这炽烈的欢乐真是销魂荡魄,我现在仍感到幸福的极乐,难道为这也要受到惩罚?绿蒂呀,绿蒂!——我已经完了!我的神志紊乱如麻，整整八天，我已无法思考，我的眼里泪水滚滚。我既然到哪儿都不快乐，那么就是到处都有快乐。我没有愿望，没有希求。我觉得，走了更好。

这期间，在那样的情况下，离开世界的决心在维特心里越来越坚定。自从他回到绿蒂身边以来，谢世始终是他最后的出路和希望；不过他对自己说，不要操之过急，不要迅速采取行动，他要怀着美好的信念，怀着尽可能平静的决心来迈出这一步。

他的犹豫不决，他同自己的争辩，从在他文稿中发现的一张字条上便可窥见。这张字条可能是他给威廉写的一封信的开头，还没有署上日期。

她的出现，她的命运，她对我的命运的关注，从我干涸的眼睛里挤出了最后几滴泪水。

拉起帷幕，到幕后去！收场拉倒！为什么还要踌躇、畏缩？是因为不了解幕后是什么情景？是因为去了便不能返回？我们精神的禀赋能预感到那儿的混沌和黑暗，具体情况我们却一无所知。

到后来，他同这个悲伤的念头越来越密切接触，越来越亲近，决心已下，而且坚定不移，下面写给他朋友的这封含义双关的信便是一个证明。

十二月二十日

感谢你的厚爱，威廉，蒙你对那句话作了这样的理解。是的，你说得对：我觉得还是走了好。你建议我回到你们那儿去，我不完全满意；至少我还想绕一回道，尤其是因为天气还有希望出现持续霜冻，路会比较好走。你想来接我，我也感到非常高兴；只是请你再推迟两个星期，等接到我的下一封信再作考虑。果子尚未成熟，千万不可采摘！十四天左右的时间可以办很多的事。烦你告诉我母亲：请她为她儿子祈祷，并求她原谅我给她造成的种种烦恼。那些人我本该使他们欢乐，却让他们悲伤，哎，这就是我的命。别了，我最珍贵的朋友！愿苍天赐福于你！别了！

至于这段时间里绿蒂心里有什么变化，她对她丈夫，对她不幸的朋友的感情怎样，我们都不好用语言来表达，虽然根据对她性格的了解，我们心里会有一个大致的看法。只有拥有一颗美丽的女性的心灵，才能感同身受，体会她的思想感情。

有一点是肯定的，那就是她已下定决心，采取一切办法与维特疏远，如果她还在踌躇的话，那是出于她真诚的友情和爱护，她知道，她这样做维特要付出多大的代价，而且他几乎不可能做到斩断情思。然而，在这段时间里她为形势所迫，不得不采取严肃的态度；她丈夫对这种关系完全保持沉默，她对此也始终一字不提，正因为这样，她更觉得要以行动来向丈夫证明，她是珍惜他的感情的。

前面插入的那封维特致友人的信，是在圣诞节前的星期天写的。当天晚上，他来到绿蒂那儿，发现只有她一人在。她正在收拾准备作为圣诞礼物送给小弟妹们的玩具。他说，孩子们得到这些礼物该高兴得欢天喜地了，还说，当门突然打开，看到一棵装饰着蜡烛、糖果和苹果的美丽的圣诞树，他们就像到了天堂一样，定会欣喜若狂的。

"只要您听话，"绿蒂说，同时嫣然一笑，以掩饰自己的窘态，"只要您听话，您也会得到一份礼物，比如一支长蜡烛什么的。"

"什么叫'只要您听话'？"他嚷道，"您要我怎么样？我可以怎么样？最最好的绿蒂！"

“星期四晚上是圣诞夜，”她说，“那时孩子们都来，我父亲也来，每人都会得到自己的礼物，到时候您也来吧——但在这之前不要来。”——维特一听愣住了。——“我求您，”她接着说，“事到如今，为了我的安宁，我求您，不能，不能再这样下去了。”

他把目光从她身上移开，在房里走来走去，在牙缝里嘟哝着：“不能再这样下去了！”

绿蒂感到她的话使他陷入了可怕的境地，于是便想用各种各样的问题来转移他的思想，但是全没有用。

“不，绿蒂，”他嚷道，“我不会再见到您了！”

“这是为什么？”她说，“维特，您可以，您必须再见到我们，只不过您要有节制。哎，您怎么生就这么个急性子，喜欢什么就对它倾注那么大的激情，而且一发而不可收呢！我求您，”她握着他的手继续说，“请您要克制自己！您的智慧、您的学识、您的才能都会使您获得种种快乐的！做个堂堂男子，放弃对一个女子的苦苦依恋吧，她除了同情您，不能越出雷池一步。”——他把牙咬得格格响，阴郁地瞪着她。——她握着他的手。

“请您平心静气地想一想，维特！”她说，“您不觉得您是在欺骗自己，甘心毁掉自己吗？为什么非要爱我，维特？为什么爱的偏偏是我？我已经是别人的人了，为什么爱的恰恰是我？我怕，我怕。我对于您的愿望所以有那么大的诱惑力，还不仅仅是因为您不可能得到我。”

他从她手里抽出了自己的手，同时用呆板而不满的目光瞪着她。“聪明！”他叫道，“非常聪明！也许是阿尔贝特教的吧？外交辞令！十足的外交辞令！”

“谁都会这么说的，”她回答说，“难道世界上就没有一位让您称心如意的姑娘吗？下决心去找吧，我向您发誓，您一定会找到的；这一阵子您沉迷在狭小的天地里自寻烦恼，早就让我为您，为我们担心了。下决心去旅行，旅行将会，一定会使您消愁解闷的！您去找吧，您一定会找到另一个令你钟情的对象的，那时您回来，让我们共享真正的友谊的温馨。”

“这番话倒可以印出来，向所有的家庭教师推荐呢，”他冷笑着说，“亲爱的绿蒂！请您让我稍稍安静一会儿，一切都会好的！”

“只有一件事，维特，圣诞夜之前您不要来！”

他正要回答，这时阿尔贝特进屋来了。两人冷冰冰地互道了“晚上好”，便挨肩儿在房里踱来踱去，心里都很尴尬。维特开始讲了些鸡毛蒜皮的事，但很快就找不到词儿了。阿尔贝特也一样，随后他便向妻子问起几件要她办的事，当他听说她还没有办妥时，便说了她几句，维特听来这几句话非但很冷淡，而且颇为严厉。他想走，又不能走，磨磨蹭蹭一直待到八点，他的气恼和不满也在不断增加，等到摆好晚饭，他便拿起帽子和手杖。阿尔贝特请他留下来吃饭，但在维特听来，这不过是一句无关紧要的客套话，于是他冷冷地谢绝后就走了。

维特回到家，从要为他照明引路的仆人手中接过蜡烛，独自走进房间，放声大哭，怒气冲冲地自言自语，在屋里快速地走来走去，后来便和衣往床上一倒。将近十一点仆人才敢进来，问要不要替少爷把靴子脱掉，这时才发现他躺在床上，连衣服也没有脱。他让仆人替他脱下靴子，并告诉仆人，明天早晨他不叫，就不要进屋里来。

星期一早晨，十二月二十一日，他给绿蒂写了一封信。他死后，别人在他的写字台上发现了这封已经封好、并加盖了印章的信，便差人给绿蒂送去。从信里所谈情况可以看出，这封信是几次写成的，我想按其本来面目，分别插在这里。

已经决定了，绿蒂，我决定死。我写信告诉你这事，并不是浪漫的夸张，而是平心静气的，就在今天早上，我将最后见你一面。当你读到此信时，亲爱的,冰冷的坟墓已经盖住了这个不安者和不幸者的已僵硬的遗体。在他生命的最后时刻,他能享受到最大的温馨莫过于同你倾心交谈了。我度过了可怕的一夜,唉,也是慈悲的一夜。这一夜加强并且坚定了我的决心:死!我昨天离开你的时候,真是悲愤填膺,肝肠寸断,想到在你身边我的生命已经毫无希望,毫无欢乐,我的心就冷得直打战。

我一回到房间,就疯了似的跪在地上。啊,上帝!你赐我以苦涩的眼泪,这最后一副清凉剂!千百种计划,千百种希望在我心里翻腾,末了只剩下最后的、唯一的念头,坚定不变的念头:死!

我躺下睡了,早晨醒来,心情平静,但心里那个念头依然那么强烈,那么坚定:死!——这不是绝望,这是决心,是我作出的决定:我要为你牺牲。是呀,绿蒂!为什么我要将它隐瞒?我们三人当中必须要有一个离去,而我则甘愿做这一个人!啊,我最亲爱的,一个疯狂的念头确曾常常在我破碎的心里折腾——杀死你丈夫!——杀死你!——杀死我自己!——那就杀了我自己吧!

当你在美丽的夏日黄昏登上山岗时,请你想着我,想着我也曾常常从山谷中爬上这山岗,然后请你遥望那边教堂墓地里我的坟墓,看那葳蕤的青草在落日的余晖中随风摆动。

我动笔写这封信的时候,心情是平静的,可是现在,现在我周围的一切都变得生动活跃,我像孩子似的哭了。

将近十点钟,维特叫来仆人,边穿衣边对他说,过几天他要出门,因此让仆人把衣服刷干净,将行装收拾好;还叫他去把各处的账目结清,把借出去的几本书取回,给那几位他每月都给予一些周济的穷人预先发放两个月的接济金。

他吩咐把饭送到房里来。吃过饭,他骑马去法官家。法官不在,他便在花园里踱来踱去，陷入沉思，似乎还要对以往的种种伤心事最后作一次总的追忆。

可是，孩子们却不让他安静，他们跟着他，在他身边欢呼雀跃，告诉他：明天，再一个明天，还要再过一天，他们就要到绿蒂家去拿圣诞礼物了，并纷纷讲出他们小小的想象力所能幻化出来的种种奇迹。——“明天！”他大声说，“再一个明天！还要再过一天！”——他亲切地挨个儿吻了他们，打算离开他们。这时最小的男孩却还要凑着他耳朵说悄悄话，小家伙向他透露，哥哥们都写了几张贺年卡，有这么大！一张给爸爸，一张给阿尔贝特和绿蒂，还有一张给维特先生，要在圣诞早上才给他们。维特听了深受感动，给每个孩子都送了点东西，接着就跨上马背，让孩子们替他问候他们的父亲，随后便眼含热泪，策马而去。

将近五点，他回到寓所，吩咐女仆在炉子里加足木柴，以便把炉火一直烧到深夜。他叫仆人把书籍和内衣放在箱子底下，再将外衣装入护套缝好。随后他在给绿蒂的最后这封信上大概又写了下面的一段。

你一定没有料到！你以为我会听你的话，到圣诞夜才来看你。哦，绿蒂！要么今天见你，要么就永远不见！圣诞夜你手里就拿着这封信了，你一定会哆嗦，你可爱的眼泪将把信纸打湿。我甘愿这样做，我必须这样做！啊，我意已决，心里好痛快呀。

这期间绿蒂正处于一种奇怪的心态之中。同维特最后那次谈话之后她就感觉到，要同他分开她会多么难受，而要他离开她，他又将多么痛苦。

她在阿尔贝特面前像是随便提起的样子，说在圣诞夜之前维特不会再来了。阿尔贝特因为要同邻近的一位官员办理几件公事，所以便骑马到他府上去了，而且还得在那里过夜。

现在她独自坐在家里，弟妹们一个也不在身边，她浮想联翩，反复默默思忖着自己眼下的处境。她看到，她同自己的丈夫已经永远结合在一起了。她深知他的爱恋和忠诚，她也实心实意地爱他；他的稳重，他的可靠，好似上天的特意安排，好让一位淑女凭此营造自己一生的幸福；她感到，他永远是她和她弟妹们的依靠。另一方面，她感到维特是如此可贵，从相识的第一刻起，他俩就志同道合，意气相投，长时间与他的交往以及一些共同经历的情景在她心里产生了不可磨灭的印象。她无论感觉到、想到什么有意思的事，都习惯于同他分享，他的离去必将在她心上撕开一个无法重新填补的裂口。哦，要是她瞬间能将他变成哥哥，她该多么幸福呀！要是她能撮合自己女友中的一位同他成亲，那么她就可以指望，他同阿尔贝特的关系也会完全得到恢复！

她把她的女友挨个儿想了一遍，发现她们每个人身上都有某些不足，找不出一个能与他般配的来。

经过这番考虑她才深深感觉到，虽然没有明说，但是自己心里确实暗暗怀着热切的希望，将他留给她自己，同时又在对自己说，不能，也不应该把他留给自己；她那纯洁、美丽、平日那么轻松、那么善于应对的心，此刻也感到了忧郁的重压，幸福已经无望。她的心里很压抑，她的眼睛上弥漫着一片乌云。

已经六点半了；这时她听到维特上楼来了，听出了他的脚步声以及他询问她在哪儿的声音。在他来到的时候，她的心跳得这么剧烈，我们几乎可以说这还是第一次。她想，真该让人告诉他，说她不在家。他走进了房里，她心慌意乱地对他喊道：“您没有遵守诺言。”

维特的回答是：“我什么都没有答应过。”

“那您至少也该满足我的愿望呀。”她说，“我求过您，要为我们两人的安宁着想。”

她简直不知道自己说了些什么，也不知道该做什么，便差人去请几位女友来，以免单独同维特待在一起。他把带来的几本书放下，又问起其他几本他想读的书。她呢，一会儿希望她的女友快来，一会儿又但愿她们不来。女仆回来了，告诉她说，两位都不能来，请她原谅。

她本想让女仆留在隔壁房间里干活，但随即又改变了主意。维特在房里来回踱步，她则走到钢琴前面，弹起一支小步舞曲，但总是弹不流畅。这时维特已坐在长沙发上他常坐的位置上，她竭力控制住自己，泰然自若地坐到维特身边。

“您没有带什么东西来读？”她问。——他没有带。——“我那只抽屉里有您译的几首莪相的诗，”她说，“我还没有读过，我总希望听您自己来念；但是打那以后一直没有找到时间，也没有心绪。”

维特笑了笑，过去取诗；当他手持诗稿的时候，全身打了一个寒战；眼望诗句，热泪纵横。他坐下来念道：①

黄昏之星呀！你在西方美丽地闪耀，你从云里抬起明亮的头，壮丽地移步山峦。你注目荒原，为寻何物？暴风已经停息，从远处传来山涧哗哗的激流，咆哮的波涛拍击着巉岩，黄昏的蚊蚋在田野上成群地乘风鼓翅，嗡嗡有声。你在寻觅何物，美丽的星光？你面带笑容，缓缓移动，快乐的波涛萦绕着你，将你的秀发濯洗。别了，安静的光华！辉耀吧，你莪相心中壮美之光！

---

① 维特这里读的是莪相的诗《塞尔玛之歌》。这是莪相作品中较短的一首诗，篇幅要比史诗《芬戈尔》和《帖木拉》小得多。在斯特拉斯堡时期，歌德在赫尔德的影响下对莪相产生了兴趣，这首诗他是根据麦克菲森的莪相英译翻译的，于1771年秋译完，将译稿仔细誊清后作为礼物送给他的恋人弗丽德莉克·布里昂。此后他没有继续翻译莪相的作品。1774年创作《维特》时，歌德认为这首诗很适合作为刻画主人公多情善感性格的一个因素，所以又将旧译作了文字上的润色并引入《维特》。诗中悲剧性的主题，尤其是它感情热切和哀怨悱恻的音调深深打动了维特和绿蒂以及那时的一代青年。歌德将这首诗置于小说结尾，更渲染了维特凄凉、绝望的情绪和小说的悲剧色彩。

莪相之光灿烂地映现了。我看见逝去的友人,他们聚首在洛拉平原上,犹如在那业已逝去的日子里一样。——芬戈尔来了,像一根潮湿的雾柱,簇拥他的是他手下的英雄。看啊,那些游吟歌者:白发苍苍的乌林!魁梧的利诺!歌声悦耳的阿尔品!还有你,娓娓怨诉的密诺娜!——想当年,我们在塞尔玛王室大厅举行赛歌会,我们的歌声像阵阵春风拂过山丘,吹弯了喁喁私语的青草,自从那次盛会以来,我的朋友,你们的模样有了多大的改变啊!

婀娜多姿的密诺娜走出来了,她目光低垂,泪水盈盈,她本垂着的秀发随着时时从山上吹来的风儿飘荡。——英雄们听到她吐出的婉转歌声,他们的心情变得更加阴沉,因为他们常常见到萨尔迦的坟墓,常常看到一身素装的珂尔玛幽暗的住房。珂尔玛孤独地伫立在山岗上,歌声悦耳动听;萨尔迦曾答应前来,但是四周已经笼罩着茫茫夜色。听吧,这就是珂尔玛的歌声,她正独坐在山岗上!

珂　尔　玛

夜幕已经降临!——我独自一人,被遗弃在暴雨倾盆的山岗上。狂风在群山中呼啸,急流从山崖上跌落,咆哮着滚滚而下。这里没有我避雨的茅屋,我被遗弃在这风雨交加的山岗上。

月亮呀,从云里出来吧!星星呀,在黑夜里闪耀吧!让一束光引我到我爱人狩猎劳顿后休息的地方,他松了弦的弓摆放在身旁,他的爱犬在他周围到处又闻又嗅!在这树木丛生的河畔,我不得不独自一人坐在峭岩上。激流奔腾,狂风呼啸,可是我听不到我爱人的一丝声音。

我的萨尔迦啊,你为何迟迟不来?莫非他已将自己的诺言遗忘?——这儿就是峭岩、树木,这儿就是奔腾的激流,是我们约会的地方!你答应天一黑就来到这儿;哎!我的萨尔迦迷路到了何方?我愿随你遁去,离开我骄傲的父亲和兄长!我们两家是世仇,但是我俩却不是仇人呀,萨尔迦!

风啊,你停一会儿!激流啊,你也安静片刻!让我的声音传遍峰峦山谷,传进我那漫游人的耳中!萨尔迦,我来了,我在呼唤!树木和峭岩就在这里!我的爱人!我的爱人!我在这里,你为何迟迟不来?

看呀,月亮出来了,山谷里的河水在闪光,灰色的岩石从谷底一直伸到山岗,可是岩石之顶我却不见你的身影,你的爱犬也没有先来报信。我不得不坐在这里,独自一人!

啊,下面荒野上躺着的是什么人?——我的爱人?我的兄长?——你们说话呀,我的朋友!可是他们一声不吭,令我心里惊恐万分!——啊,他们已经死了!他们的剑上都染着格斗时的鲜血!啊,我的兄长,你为什么杀死我的萨尔迦?啊,我的萨尔迦,你为什么杀死我的兄长?你们两个都是我亲爱的人呀!在山岗旁的比武场上,在成千上万的比武者中,唯有你们最英俊!而在战斗中却令人丧胆!你们回答我,你们听着我的声音,啊,我这两个亲爱的人!唉,他们沉默了,沉默了,直到永远!他们的胸膛已经像泥土一样冰凉!

哦,你们说话呀,从山岗的峭岩上,从暴风雨吹打的群山之巅!说话呀,你们死者的亡灵!我绝不会吓得毛骨悚然的呀!——你们已去哪儿安息?在群山中的哪个洞穴里我才能把你们找到?——在狂风中我听不到一丝微弱的声音,在山上的暴雨中听不到一息悲叹的回音。

我坐在山岗上,悲痛地放声大哭,我泪流满面,挨到天明。死者的朋友呀,你们挖好坟墓吧,但是在我到来之前,请不要把墓穴封闭。我的生命像一个梦,正在消逝;我怎能苟延残生,活在世上!我要伴我的亲人住在这里,住在这激浪拍崖的岸边。——每当夜幕笼罩山岗,狂风在荒野上呼啸,我的灵魂就将在狂风中伫立,哀悼我死亡的朋友。小屋里的猎人听到我的悲恸,对我的声音他又怕听又爱听。我的悲泣声一定非常甜美动听,因为我在悼念我的朋友呀，他们两个都是我亲爱的人！

这就是你唱的歌呀，密诺娜，托尔曼妩媚娇艳的女儿。我们为珂尔玛流泪，我们心里充满凄楚之情。①

乌林怀抱竖琴登场了，弹着琴为我们唱起阿尔品的歌。——阿尔品的声音娓娓动听，利诺的心里热情奔放。但是他们现在都已仙逝，在斗室之中长眠，他们的歌声也不再在塞尔玛上空回荡。从前乌林有次打猎归来，那时英雄们尚未捐躯沙场。他听到他们在山岗上赛歌，歌声缠绵婉转，但充满哀伤。他们咏叹那位群雄中的佼佼者，咏叹莫拉尔的阵亡。他的心灵像芬戈尔的一样崇高，他的剑像奥斯卡的一样，令人丧胆。——可是他倒下了。他的父亲悲声痛哭，他姐姐的眼里泪水盈眶，英俊的莫拉尔的姐姐密诺娜的眼里泪水盈眶。在乌林歌唱之前她便下场，犹如西天的月亮预感到暴风雨即将来临之前，便将美丽的脸庞在云里躲藏。——我和乌林一起弹起竖琴，伴着这悲痛的歌唱。

利　诺

风过雨停，中午天气晴朗，乌云正在散开，时隐时现的太阳又匆匆照耀着山岗。阳光映红山中的溪水，溪流在谷底奔向远方。溪涧的淙淙低吟果然甜美，但是我听到的声音，我听到的阿尔品的声音却更加悦耳动人。他在哀哭死去的英雄，他低垂着衰老的头颅，他的双眼哭得通红。阿尔品，杰出

---

① 前面提到在塞尔玛王室大厅举行游吟诗人的赛歌会，莪相在这首《塞尔玛之歌》中唱出了他在那次赛歌会上听到的三首歌。第一首歌是珂尔玛的咏叹调，是密诺娜直接以珂尔玛的口吻唱的。这首歌的结构包含着双重重叠：莪相唱的是密诺娜唱的歌，而密诺娜唱的又是珂尔玛唱的歌。

的歌手，你为何独自伫立在这默默无语的山岗上？你凄凉的声音为何像穿林的风，像击岸的浪？

阿　尔　品

利诺呀，我的眼泪为死去的英雄而流，我的歌为墓主人而唱。在山岗上，你何等魁梧，在荒野的儿子中，你是何等俊美！但是你也将像莫拉尔一样倒下，哀悼者也将坐在你的坟头。山山岭岭将把你忘记，你松了弦的弓将摆放在大厅上。

莫拉尔呀，在山岗上你像野鹿，健步如箭，敌人见了你胆战心惊，犹如见了夜里报警的篝火燃得高高，你的愤怒像呼号的狂风，战斗中你挥动利剑犹如荒野上电光闪闪。你的声音像暴雨后山洪的咆哮，像远山上的雷声隆隆。多少人在你的手下丧身，多少人被你愤怒的火焰吞噬。可是当你从战场上凯旋，额上又显得多么温馨！你的面容像雷雨后的太阳，又像静夜里的月亮，你的胸膛平静安谧，犹如风平浪静的海洋。

如今呀，你的居室狭隘，你的住处昏暗！你的坟墓长不过三步，哦，你呀，从前你的身躯何等高大！如今唯一记得你的就是那四块长满青苔的墓石；一棵枝叶凋零的树木和几许在风中瑟瑟的野草告诉猎人，这里就是威风凛凛的莫拉尔的坟墓。没有母亲为你哭泣，没有少女为你洒下爱的泪水，生你育你的那位莫格兰的女儿早已香消玉殒。

来了一位拄杖者，是谁？他是谁，这位年迈的老人白发苍苍，他的眼睛已经哭得通红？哦，莫拉尔，他是你父亲呀，他只有你独子一人。他曾听说你战场上的威名，他曾听说敌人被你打得落花流水，狼狈逃窜；他曾听说莫拉尔的荣耀！啊，怎么就不知道他身负重伤？哭吧，莫拉尔的父亲，哭吧！可是你的儿子已经听不到你的呼号。死者头枕一抔尘泥，睡得又深又沉。

他永远不会听到你的呼唤,你永远无法将他唤醒。啊,墓穴中何时才会有黎明,好给酣睡者下令:醒来吧!

别了,最高贵的人,战场上的盖世英雄!但是战场上永远见不到你的英姿了,你那利剑的耀眼华光再也不会照亮黝黯的森林。你没有留下儿子,但是歌声将把你的名字传唱,要让后世听到你,听到为国捐躯的莫拉尔的英名。——①

英雄们个个悲戚,泫然泪下,声音最响的是阿明撕心裂肺的号啕大哭。他想起自己去世的儿子,儿子死的时候正值青春年华。名声显赫的加马尔的君王卡莫尔正坐在老英雄身旁。"阿明因何如此哀伤?"他说,"因何在此痛哭?听这悠扬的歌声,不使人悦耳赏心?歌声如柔曼的薄雾从湖上升起,弥漫在山谷,滋润着盛开的鲜花;当太阳重新施展它的威力,雾霭就全部消散。你因何如此伤心,阿明,你这四周环海的戈马岛的统领?"

伤心呀!我确是伤心,我的悲痛一言难尽。——卡莫尔,你没有失去儿子,没有失去如花似玉的女儿;勇敢的戈尔格还活着,最美的姑娘安妮拉也快快乐乐。哦,卡莫尔,你家是枝繁叶茂,可是我家的宗脉到了阿明就已中断。哦,道拉呀,你的寝床如此幽暗,你正在你的墓穴安眠。——你何时醒来,再用你银铃般的声音歌唱?吹吧,秋风!呼啸吧,在这昏暗的荒野上!澎湃吧,山涧!滂沱吧,栎树林里的暴风雨!月亮呀,钻出破碎的云层,现一现你苍白的脸庞吧!我想起了那个可怕的黑夜,那一夜我子女双亡:勇猛

① 紧接着密诺娜登场的是游吟歌手乌林。乌林从前听过利诺和阿尔品哀诉莫拉尔之死的对唱。这里重复了这曲对唱,但歌手已不是利诺和阿尔品了——乌林唱阿尔品的唱段,利诺的唱段则由莪相自己演唱,两人都以竖琴伴唱。这里出现了三重重叠:莪相唱的是他自己的以及利诺唱的歌,莪相和乌林重复了当时利诺和阿尔品唱的歌,而利诺和阿尔品两人的对唱又是歌颂莫拉尔的。这又是一曲死亡咏叹调,并由此勾引起阿明的回忆,引出下面的第三首歌——阿明追诉他儿女悲惨命运的歌。

的阿林达尔倒下了，亲爱的道拉也鲜花凋谢。

道拉，我的女儿，你多美呀，你像高悬在富拉山上的皎月一样俏丽，像天空飘下的雪花一样洁白，像呼吸的空气一样馥郁！阿林达尔，作战时你箭无虚发，长矛神速，你的目光像波涛上的薄雾，冲锋时你的盾牌像暴风雨中的一片火云！

赫赫有名的英雄阿马尔来了，他来向道拉求婚，不久便赢得了她的爱情。朋友们都怀着美好的希望，期待佳期来临。

奥德加尔的儿子埃拉特怒火中烧，因为他的弟弟就在阿马尔手下殒命。他乔装成一个年迈的船夫，驾轻舟一叶，乘风劈浪驶来。他的鬈发已白，庄重的面容显得自若镇定。“最美的姑娘呀，阿明可爱的女儿，”他说，“在不远的海里有座岩岛，那里树上红红的果子如霞光闪闪，阿马尔就在那里等待你，道拉；他派我来接他的爱人，乘船越过波涛翻滚的海洋。”

道拉跟他上了船，一路上不停地呼唤阿马尔；除了岩石的回声，她没有得到一丝回音。“阿马尔！我的爱人！我的爱人！你为什么让我这么害怕？听着，阿尔那特的儿子！听着，我是道拉，我在把你呼唤！”

奸雄埃拉特大笑着往岸上逃去。道拉以最大的声音呼唤她的父亲和兄长：“阿林达尔！阿明！怎么谁也不来把你们的道拉相救？”

她的声音从海上传来，听到喊声，阿林达尔，我的儿子，急忙从山上下来。他常年打猎，练得骁勇胆大，他手执强弩，腰插箭矢唰唰作响，五只灰黑色的猎犬紧紧跟随他身旁。他看见胆大包天的埃拉特已到岸上，他赶去把他抓住，捆在栎树上，用绳子在他身上绑了又绑，埃拉特禁不住哀声连连。

阿林达尔驾舟破浪向前，要把道拉救上陆地。这时阿马尔也怒气冲冲地赶来了，他射出一支灰色翎箭，嗖的一声中了你的心房，哦，阿林达尔呀，我的儿子！歹徒埃拉特倒没有死，你却为他丢了性命！船到岸边，他也倒下了，气绝身亡。哦，道拉！你的脚边流着你兄长的鲜血，你呀，悲痛欲绝！

巨浪击破了小船。阿马尔纵身跳进大海,为的是去救道拉,还是自作了断?山上刮来一阵狂风,海上波涛汹涌。阿马尔沉入海底,再也没有上来。

独自一人,我站在海水击拍的岩石上,听到我女儿的哀号。她呼天唤地,喊声不断,可是她父亲却无法救她上岸。我在岸边站了个通宵,在朦胧的月色中望着她,整夜都听到她的呼喊。狂风在呼号,暴雨拍打着山坡。黎明到来之前,她的声音就已经十分微弱。她去了,像晚风消失在岩石上的草丛中,她死了,心里怀着多大的悲痛,剩下的就我阿明一人,孤苦伶仃!我在战场上的威风已经失去,我的骄傲在姑娘中也荡然无存。

每当山上的暴风雨来到,每当北风掀起巨浪,我就坐在喧嚣激荡的岸上,望着那块可怕的岩石。在月亮西沉时,我常常看见我儿女的幽灵,在朦胧中,他们时隐时现,相处和睦,一起游荡,但都显出无限的悲伤。

绿蒂的眼里涌出一股汩汩的泪水,冲泄了她心头的压抑。但她这一哭,维特却念不下去了。他扔下诗稿,抓住她的手,痛苦的眼泪潸然而下。绿蒂倚在另一只手上,用手帕掩住自己的眼睛。两人都非常激动。他们从这些高尚人物的遭遇中体会到了自己的不幸,他们有着同样的感受,他们的眼泪在一起交融。维特的嘴唇和眼睛,在绿蒂的手臂上灼燃;她全身起了一阵寒战,她想要离开,但是痛苦和同情像铅一样压在她心上,她的神经像是麻痹了。她深深吸了口气,好让自己的神志恢复清醒,她抽泣着,求他继续读下去,她恳求时的声音非常动人,宛如天籁之音!维特浑身颤抖,他的心似要爆炸,他拿起诗稿,时断时续地念道:

春风啊,你为何把我唤醒?你柔情缱绻,将我爱抚,并对我说:我要以天上的甘霖将你滋润!但是我凋谢的时日已近,暴风雨即将来临,它将把我吹打得枝叶飘零!明天那位旅人将会到来,他曾见过我年轻时美丽的面容,

他的眼睛将在原野上四处把我寻找，但无法将我找到。——①

这些词句的千斤重量全部压在了这个不幸者的身上。他完全绝望了。一下跪倒在绿蒂面前，抓住她的两只手，先把它们压在自己的眼睛上，再按在自己的额头上。她心里一下生出一种预感，觉得他心里已打定了可怕的主意。她的神志昏乱了，她紧紧抓着他的手，把他的手按在自己胸脯上，她心情忧郁而又深受感动，她向他俯下身来，两人灼燃的面颊偎依在一起。在他们心里，世界已经消失了，他将她紧紧搂住，贴在自己胸口上，并在她颤抖的、嗫嚅的唇上印以无数个狂吻。

"维特！"她窒息似的喊道，同时向一边转过脸去；"维特！"她那娇弱的手把他的胸脯从自己的胸上推开；"维特！"她叫道，冷静的声音里流露着高尚的感情。

他没有反抗，把搂着她的手放开，茫然若失地跪在她面前。

她站了起来，心里又怕又乱，又爱又怒，浑身颤抖，说："这是最后一次！维特！您不要再见我了。"说完，她以充满爱意的目光朝这位不幸的人好好看了看，便奔到隔壁房间，锁上了门。——维特向她伸开双臂，但没敢拦住她。

他躺在地上，头枕沙发，以这个姿势躺了半个多小时，直到听见有什么声响他才清醒过来。那是女仆进来收拾桌子，准备开饭了。他在屋里踱来踱去，后来发现又只剩下他一个人时，便到隔壁房门口，低声唤道："绿蒂！绿蒂！只再说一句话！说一声'永别'！"

她没有出声。——他等着，央求着，等着；后来，他只好离开，走时他喊

---

① 维特念的这一段诗句出自莪相的诗《巴拉松》。维特于1772年10月12日的信中已经引过这一段，但那次维特是凭记忆引用的，所以文字上不很确切；这里所引是歌德根据英译本翻译的确切译文。值得注意的是，小说第一次（1772年10月12日）和这里最后引用莪相诗句，表现的都是同样的死亡主题。

道:“别了,绿蒂!永别了!”

他来到城门口,守卫已经认识他了,一声没说就让他出了城。这时风雪交加,将近十一点他才重新敲响寓所的门。维特进屋时,他的仆人发现主人头上的帽子没有了。仆人没敢多嘴,就帮他脱下衣服,他全身都湿透了。后来有人在一块从山头高坡俯临狭谷的崖岩上发现了他的帽子。在那么黑暗的雨雪之夜,他居然攀上了这块悬崖而没有摔下去,真有点不可思议。

他躺上床,睡了很久。第二天早晨,仆人听到主人叫唤,给他送去咖啡时,发现他正在写信。他在给绿蒂的信上又写了以下的几段:

最后一次,最后一次我睁开眼睛。唉,这双眼睛再也不会见到太阳了,盖住这双眼睛的是一个阴沉晦暝、雾气蒙蒙的白昼。哀悼吧,大自然!你的儿子,你的朋友,你的所爱已经到了他生命的尽头。绿蒂呀,当一个人在对自己说出“这是最后一个早晨”时,他的感觉是独一无二的,与朦胧的梦境最为相似。最后一个!绿蒂,我真不懂“最后一个”这个词!如果说我现在站立于此,精力充沛,那么明天我就将四肢一伸,躺在地上。死!这是什么意思?看啊,每当我们谈起死,我们就是在做梦。我曾见过不少人死去,人是多么局限,他对自己生命的开始与终结一无所知。现在还是我的,你的!你的,哦,亲爱的!可是片刻之后——分开,离别——也许是永远?——不,绿蒂,不!——我怎能消逝?你怎能消逝?我们两人都在!——消逝!——这是什么意思?这又是一个词,一个空洞的声音!我的心灵对它没有任何感觉。——死,绿蒂!埋进冰冷的泥土里,墓穴是多么狭窄!多么黑暗!——我曾有一位女友①,

① 维特在他的书信开始不久,就提到过这位女友,那里维特表达了想得到一位值得他信赖的年纪较大的智者(男性或女性),能给他以帮助和引导;这里他表达了想跟他已经逝世的女友去冥界的渴望。维特的生活中缺少一个知己,缺少一个像这位去世的女友那样能抓住他乱麻似的思想并将它理出个头绪来重新交还给他的知己,这也是维特生活中的悲剧之一。

在我困惑、迷惘的少年时代,她就是我的一切;她后来死了,我送她的遗体去安葬,我站在她的墓旁,眼看别人把棺木放下去,再从棺木底下把绳子唰唰地抽上来,然后就往下铲土。土落在棺木上,发出沉浊的响声;响声越来越沉浊,越来越沉浊,最后泥土完全盖住了棺木!——我一下扑倒在墓旁——我心里百感交集,惶恐失措,震惊万分,肝胆俱裂,但是我不明白,自己出了什么事——自己会出什么事——死!坟墓!我不了解这些词的意义!

哦,原谅我吧!原谅我吧!原谅我昨天的举动!那真该是我生命的最后一刻。哦,你这天使!那极度快乐的感觉第一次,第一次无可怀疑地在我心灵深处灼燃:她爱我!她爱我!从你唇上蔓过来的神圣的烈火现在还在我的唇上灼燃,我心里还留着新的、温暖的欢乐。原谅我吧!原谅我吧!

啊,我知道你爱我,我知道,从你起初对我的几次深情的顾盼中,在第一次握手时我就知道,可是当我又离开了你,当我看到阿尔贝特在你身边时,我就疑虑重重,灰心丧气了。

你还记得送给我的那些鲜花吗?在那次烦人的聚会上你不能跟我说话,不能同我握手,你就让人给我送来这些花。我在花前跪了半夜,花儿将你的爱情送进了我的深心,可是,唉,这些已经消散,正像在圣餐时领受了圣灵恩赐的基督徒,他对上帝恩惠的情感又将渐渐从他心里淡忘一样。

这一切瞬息即逝,但是我昨天在你唇上享受的、现在我心里仍感觉到的生命之火,是永远不会熄灭的!她爱我!我这手臂曾将她搂抱,我的唇曾在她的嘴唇上颤抖,我这嘴曾在她的嘴边呢喃细语。她是我的!你是我的!是的,绿蒂,永远是我的。

阿尔贝特是你的丈夫,这是怎么回事?丈夫!我爱你,我要将你从他的怀里夺到我的怀里来,对这个世界——对这个世界这难道就是罪孽吗?罪孽?好,为此我来惩罚自己;我已经品尝了这罪孽的全部天大的欢乐,已将生命的琼浆和力量吮进了我的心里,从这一刻起你就是我的了!我的,哦,绿蒂！我先走了，去见我的天父①，去见你的天父。这一切我都要向天父诉说，他将安慰我，直到你也来到。那时，我将向你飞去，抓着你，在天父面前拥抱在一起，永不分离。

我不是做梦，不是妄想！在快进坟墓之时，我心里更加亮堂。我们都是要死的！我们会再见的！②我们将见到你的母亲！我将见到她，将找到她，啊，我要在她面前倾诉我的衷肠！你的母亲，和你长得一模一样！

将近十一点，维特问他的仆人，阿尔贝特是不是已经回来了？仆人说，回来了，他看见他骑着马过去的。主人听了，随即写了一张便条交给他，内容是：

我打算出门旅行，把您的手枪借我一用行吗？祝您快乐！③

可爱的夫人④昨天晚上辗转反侧，夜不成眠。她所担心的事，终于发生了，而且是以她既不能预料、又无法担心的方式发生的。她的天性本来一向和悦温顺，现在居然也热血沸腾，心潮澎湃；徘徊瞻顾，百感交集，她美丽的

① 语出《圣经》。耶稣有次对他的门徒说："……我去还要到你们这里来。你们若爱我，因我到父那里去，就必喜，因为父是比我大的。"（《新约全书·约翰福音》14:28）"逾越节以前，耶稣知道离世归父的时候到了。"（《约翰福音》13:1）

② 这里维特直接引用了1771年9月他离开前一天晚上同绿蒂和阿尔贝特谈话中说过的句子。那次谈到了死和死后的重逢问题，话题是由绿蒂谈到她亡故的母亲时自己引出来的。维特知道，绿蒂读到这里所写的这两句一定会想起那次谈话的。那次谈话中和这里维特在提到绿蒂母亲时都勾勒了那个灵魂的王国。

③ 维特早在1771年8月12日的信中就提到，他要出门，向阿尔贝特借两支手枪一用，这就为这里的借枪预先作了铺垫。18世纪人们出门时，因为怕遭到袭击，所以随身带着手枪是很普遍的。——另外，维特在信中对阿尔贝特都是以"你"相称的，而这里用了"您"也是符合当时文风的，因为这是一张没有写个人称呼的便条，当时人们根据书信的形式和语气，在"您""你"之间常做不同选择。

④ 指绿蒂。

心灵乱成一团。她胸中感受到的是维特拥抱时的烈火？是对他放肆的举止感到不满？是她将自己眼前的处境与过去那些自由自在、天真无邪和自信不疑的日子相比而生出的恼怒？她该如何去见自己的丈夫，如何向他坦白那一幕，她理当坦率承认、可又不敢承认的那一幕呢？他俩久久相对，默默无言，难道该首先由她来打破沉默，并在这极不适宜的时候让丈夫获得这一意想不到的发现？她担心，单就提到维特来过这事，就会给他一个不愉快的印象，更何况是那个意想不到的灾难！她能指望她丈夫会完全从好的方面来看待她，不带任何成见地容纳她吗？她能希望她丈夫愿意洞察她的灵魂吗？还有，她在她丈夫面前从来都是光明磊落、问心无愧的，像水晶一样透明，她从未对他，也不可能对他隐瞒自己的任何感情，现在她难道能对他装假？她左右为难，忧虑重重，处境十分尴尬；她的思想一再回到维特身上——失去维特，她舍不得，可惜又必须丢开他；而维特一旦失去了她，也就失去了一切。

他们夫妻间出现的隔阂，此刻她还弄不太清楚，现在多么沉重地压着她啊！那么通情达理、那么善良的两个人，相互之间由于某些不便言明的分歧而开始变得寡言少语了，每人都在想自己是对的，别人不对，各种情况纠缠在一起，乱成一团，在这千钧一发的严重时刻，根本就别想把这个结解开。倘若他们早些恢复愉快的信赖，相亲相爱，和好如初，倘若他们之间能够重新恢复相互间的爱情和宽容，倘若他们各自都把自己的心扉敞开，那么我们的朋友或许还可得救。

此外，这里还有一个特别的情况。我们从维特的信中知道，他渴望离开这个世界，这一点他从未隐瞒。对于这个问题，阿尔贝特常常和他争论，绿蒂和她丈夫之间也不时谈起。阿尔贝特对自杀行为是深恶痛绝的，他甚至一反常态，极其激愤地说，他完全有理由怀疑那种意图的严肃性，甚至对此开过几次玩笑，并且告诉过绿蒂，他怀疑维特当真会自杀。这一方面使绿蒂在想到眼前这幅悲惨图景时可以感到放心，但另一方面，要她把此刻正在折磨她的种种忧虑告诉丈夫，她又感到难以启齿。

阿尔贝特回来了，绿蒂神情尴尬，匆忙迎去。他心里也不轻松，他的事没有办完，碰上邻区那位官员又是个食古不化、思想狭隘的人，加上路很难走，更使他火冒三丈。

他问家里有什么事没有，绿蒂慌忙回答说，维特昨晚来过。他问有没有信，绿蒂说，来了一封信，还有包裹，都放在房里了。他走进房里，留下绿蒂一人在那儿。她爱丈夫，敬重丈夫，丈夫在家，她心里产生了新的印象。想到他的高尚，他的爱情和善良，她心里就平静多了，她感到有种神秘的吸引力，使她情不自禁地跟着他，于是她便拿起活计，像往常一样，走到他房里。她发现阿尔贝特正在忙着打开邮包和读信，对信里的有些问题似乎感到不快。她问了丈夫几个问题，他一一作了简短的回答，随后便坐到写字台前去写信。

他们就这样在一起待了一小时，绿蒂的心情越来越阴郁，她感到，即使在丈夫情绪最佳的时候，她也难以启齿把自己的心事向他表露；她心里非常悲伤，而她又要竭力隐藏自己的悲伤，把眼泪往肚里吞，所以这就使她更加忧心忡忡。

维特的仆人来了，这使她狼狈之至；仆人把主人的便条交给阿尔贝特，他看了便条，就泰然自若地朝妻子转过脸来，说："把手枪给他。"

"祝他旅途愉快。"他对仆人说。

她听到这句话，简直像是炸雷落在了身上，她摇摇晃晃地站起身来，不知道自己是怎么了。她慢慢走到墙边，哆哆嗦嗦地把枪取下，擦去枪上的灰尘，心里迟疑不决，要不是为阿尔贝特探询的目光所逼，她准定还会犹豫半天。她把这不祥之物给了仆人，一句话也说不出来。仆人走了，她便收拾起自己的活计，回到自己房里，心里惴惴不安。她预感到将有可怕的事情发生。她打算立刻去跪在丈夫脚边，向他披露一切：昨晚的事、她的过错，以及她的预感。随后她又看出，这样做不会有什么结果，说服丈夫到维特那儿去看一看的希望微乎其微。晚饭已经摆好，这时她的一位要好的女友来问了点事，本来马上要走的，她把她留下了，这样晚餐时的谈话气氛就好一些了。绿蒂强压着内心的不安，大家一起说说谈谈，她似乎就把心事忘了。

仆人拿着手枪回到维特那儿；当维特听说枪是绿蒂亲手交给仆人的，心里喜不自胜，便把枪拿了过去。他让人拿来面包和酒，叫仆人去吃饭，自己则坐下来写信。

手枪经过了你的手，你还擦掉了枪上的灰尘，我将这两支枪吻了千百遍，因为你触摸过它们！你，天上的圣灵，玉成了我的决心！你，绿蒂，把手枪交给了我，我曾多么希望从你手中领受死亡呀，啊，现在我领受了！哦，我曾详细问了我的仆人，他说，你把枪递给他时，你在颤抖，你连“再见”都没有说！——唉，天哪，连句“再见”也没有说！——难道为了那一瞬间，那把我永远固定在你身上的一瞬间，你对我的那颗心就此关闭了？绿蒂呀，那个印象即使再过一千年也不会磨灭！我感觉到，对于一个为你把爱火燃得如此炽烈的人，你是不会恨他的。

饭后，他叫仆人把东西全部包好，撕掉许多信函，出去处理了几笔小额债务。办完以后他回到寓所，不一会儿又走出大门，冒雨走进伯爵的花园，在那里踯躅徘徊，直到暮色降临才回屋继续写信。

威廉呀，我最后一次去看了田野、森林和天空。我也和你永别了，亲爱的母亲！原谅我吧！请你安慰她，威廉！愿上帝赐福给你们！我的事情都已料理停当。别了！我们会再见的，那时一定比现在欢乐。

阿尔贝特,我对你竟做了亏心事,请原谅我吧。我破坏了你家庭的和睦,造成了你俩之间的猜疑。别了!我愿了结这一切。啊,但愿我的死能带给你们幸福!阿尔贝特,阿尔贝特,请让这位天使幸福!愿上帝永远降福于你!

晚上,他又在信函、文稿中翻找了很久,撕碎很多信件,将它们投进壁炉,并把几个写着威廉地址的包裹封好,包里是他的一些短文和没有写完的随感,有几篇我曾见到过。晚上十点他叫人给壁炉里添了木柴,并送来一瓶酒,随后就叫仆人去睡觉。仆人的房间和房东的卧室都在老远的后院,仆人一回去便和衣而睡,好在第二天一早就去伺候主人,因为主人说过,驿站的马车六点以前就会到门口。

夜里十一点以后

现在更深夜静,我的心里也十分平静。我感谢你,上帝,感谢你在这最后一刻赐我温暖和力量。

我走到窗前,我最亲爱的,透过汹涌飞驰的云层,我看到永恒的天空中有点点星星!不,你们不会陨落!永恒的主,他在心里撑托着你们,撑托着我。我看见了群星中最最可爱的北斗星。每当我夜里离开你,出了你家大门,北斗星座总是挂在我的头顶。我常常如此沉醉地望着它,常常高举双手把它看作我眼下幸福的标志,当作神圣的记忆的标志!还有——哦,绿蒂,什么都让我想起你!你无时不在我周围!我像个孩子,把你神圣的手所触摸过的各种各样小玩意儿毫不知足地全都抢到了自己手里!

这帧可爱的剪影,我把它遗赠给你,绿蒂,请你将它珍惜。我在这帧剪影上所印的吻何止万千,每当出门或回家时,我都要向它频频挥手致意。

我已给你父亲留了一纸便笺,请他保护我的遗体。在教堂墓地后面朝田野的一隅有两棵菩提树,我希望在那儿安息。他能够,他一定会为他的朋友办成此事。请你也求求他。我并不指望虔诚的基督徒会将他们的遗体摆放在一个可怜的不幸者旁边。①啊,我希望你们把我葬在路旁或者寂寞的山谷,在我墓碑前过往的祭师和辅祭将为我祝福,撒玛利亚人也将为我洒泪。②

绿蒂!在此,我毫不畏缩地握住这冰冷的、可怕的高脚杯③,饮下死亡的醇醪!它是你递给我的,那我还有什么畏缩!一切!一切!我生命中的一切愿望和希冀就这样全部得到了满足!我要叩击冥界的铁门了,心情冷静,态度坚毅。

绿蒂呀!我居然有幸去为你死,去为你献身!倘若我能为你重新创造生活的安宁与欢乐,那我就愿意勇敢地、高高兴兴地死。可是,唉,世上只有少数高尚的人,肯为自己的亲人流血献身,并以自己的死激励他们的朋友勇气百倍地生!

我想穿着这套衣服入殓,绿蒂,你接触过这套衣服,因而使它变得神圣;这事我也求了你父亲。我的灵魂将飘荡在灵柩上。请别让人翻我的衣服口袋。这个粉红色的蝴蝶结,我第一次在你的弟妹中看到你时,它就戴在你的胸前。——哦,请吻他们一千次,并把他们这位不幸的朋友的遭遇告诉他们。这些可爱的小家伙!他们都围着我呢。啊,我已经紧紧地同你联结在

---

① 根据基督教教规,自杀乃犯罪行为,自杀者不能葬在教堂公墓里,所以维特留下遗书,托绿蒂的父亲S法官把他的遗体葬在墓地后面的菩提树下。

② 这里维特以富有同情心的祭司和辅祭来攻击那些见死不救的祭司和辅祭。撒玛利亚人指救死扶伤者。关于祭司、辅祭和撒玛利亚人对待受难者的不同态度,参见《新约全书·路加福音》10:25—37。

③ 高脚杯喻指枪柄。关于饮下杯中死亡之酒的典故出自《圣经》:耶稣被犹大出卖的那夜,彼得拔刀将前来捉拿耶稣的大祭司的仆人的耳朵切下。这时耶稣对彼得说:“收刀入鞘吧,我父所给我的那杯,我岂可不喝呢。”参见《新约全书·约翰福音》18:11。

一起了！我对你是一见钟情！——让这个蝴蝶结和我同葬吧。这是我生日那天你送给我的[1]！我是多么贪婪地接受了这一切啊！——唉，未曾想到，这条路竟把我引到了这里！——你要镇静！我求你，要镇静！——

枪里装上了子弹——时钟正敲十二点！就这么着吧！——绿蒂！绿蒂！永别了！永别了！

有位邻居看见火光一闪，听到一声枪响；但随后一切都又寂静无声了，所以他也就没有继续留意。

第二天早晨六点，仆人手持蜡烛走过房间，发现主人倒在地板上。身边是手枪和血。他呼喊着，将他扶住；维特一声未答，只是还发着咕噜声。仆人跑去叫医生，又跑去叫阿尔贝特。绿蒂听见门铃响，吓得浑身直哆嗦，手脚都软了。她叫醒丈夫，两人都起了床；仆人哭哭啼啼，结结巴巴地报告了这个噩耗，绿蒂一听就在阿尔贝特面前昏倒了。

大夫来了，他发现躺在地板上的这个不幸的人已经没救了，脉搏还在跳动，但四肢已经僵硬，子弹是从右眼上方击穿头部的，脑浆都迸出来了。大夫多此一举地切开他手臂上的一根血管给他放血，血在往外流，但他仍在喘息。

根据靠背椅扶手上的血迹我们可以推断出，维特是坐在写字台前朝自己头上开的枪，随后便摔倒在地板上，痉挛地围着椅子打滚。他面对窗户仰卧着，一丝力气都没有了，身上着装齐整：长统靴、蓝燕尾服和黄背心。

房东一家、邻里街坊以及全城都震惊了。阿尔贝特赶来的时候，维特已被抬到床上，额上已经包好，面如死灰，四肢一动不动。他的肺部还在发出可怕的咕噜声，时弱时强；大家都在等他咽下最后一口气。

---

① 请参见维特1771年8月28日信。

酒,他只喝了一杯。书桌上放着一本摊开的《艾米莉娅·迦洛蒂》[1]。

关于阿尔贝特的震惊和绿蒂的悲痛,那就不用我说了。

老法官闻讯,策马疾驰而至,热泪盈眶地吻着垂死的维特。他的几个较大的儿子也接踵而来,他们一齐跪在床前,抑制不住内心的悲痛,大哭不已,吻他的手和嘴,尤其是一向最受维特喜爱的老大,一直吻着他的嘴唇不起来,直到维特断了气,大家才强行把这孩子拉开。中午十二点维特去世了。由于法官在场并作了部署,才避免大家蜂拥而至,造成混乱。夜里将近十一点,法官吩咐把维特安葬在他自己选定的地方。老法官和他的儿子跟在遗体后面,为维特送葬,阿尔贝特没能来,他正在为绿蒂的生命担忧。维特的遗体由几位工匠抬着,没有祭司来为他送葬。[2]

---

① 《艾米莉娅·迦洛蒂》(1772)是德国作家莱辛(1729—1781)的著名悲剧。女主人公艾米莉娅为了免遭公爵强暴,请求父亲将她刺死。这里写维特书桌上放着一本打开的《艾米莉娅·迦洛蒂》意在说明,在某些情况下自杀并非狂热的伤感情绪的宣泄,而是对道德自由的拯救。维特在1772年10月12日的信中曾提到过一个类似的主题:一位“高贵的勇士,拔出剑来”,让侯爵“从缓缓死去的痛苦折磨中解脱出来”。根据正统的观点,以及启蒙运动的观点,无论自杀还是根据本人意愿由他人所杀,这两种行为都是卑鄙的,但是对于艾米莉娅及其父亲来说,他们的行为,目的在于维护艾米莉娅的贞操,保持完美的道德。维特打开《艾米莉娅·迦洛蒂》放在桌上,意在希望别人也用这样的观点来看待他的死。

② 18世纪末期,安葬死者通常都在晚间或深夜进行,棺材则由某个手工业行会的工匠来抬。在这一点上维特的下葬与一般习俗没有什么区别。不同的是,维特安葬时没有祭司参加,这在18世纪是非常惹眼的。因为这样就等于把维特当成了凶手和罪犯,而在当时神职人员是不给自杀者安葬的。自杀的人也很难在公墓里得到一块墓地,所以维特预先留下遗书,托S法官将他葬在“教堂墓地后面朝田野的一隅有两棵菩提树”的地方。这里的文字是这样表述的:“法官吩咐把维特安葬在他自己选定的地方。”18世纪的读者从这句简短而含蓄的话中便可得知:没有法官的关照,一切都不可能按维特生前的愿望进行。

经典译林

Yilin Classics

书名	单价	书名	单价
癌症楼	78.00 元	艾青诗集	35.00 元
爱的教育	39.00 元	爱丽丝漫游奇境	29.00 元
安娜·卡列尼娜	65.00 元	安徒生童话选集	42.00 元
傲慢与偏见	36.00 元	奥德赛	92.00 元
八十天环游地球	32.00 元	巴黎圣母院	42.00 元
白洋淀纪事	39.00 元	百万英镑	35.00 元
包法利夫人	38.00 元	悲惨世界（上、下）	98.00 元
背影	28.00 元	被侮辱与被损害的人	39.00 元
边城	36.00 元	变色龙：契诃夫中短篇小说集	39.00 元
变形记 城堡	38.00 元	草叶集：惠特曼诗选	39.00 元
茶馆	32.00 元	茶花女	35.00 元
查拉图斯特拉如是说	38.00 元	沉思录	29.00 元
城南旧事	29.00 元	大卫·科波菲尔（上、下）	79.00 元
当代英雄	45.00 元	稻草人	29.00 元
地心游记	32.00 元	飞鸟集·新月集：泰戈尔诗选	39.00 元
飞向太空港	39.00 元	福尔摩斯探案集	58.00 元
复活	42.00 元	傅雷家书	49.00 元
富兰克林自传	36.00 元	钢铁是怎样炼成的	39.00 元
高老头	39.00 元	格列佛游记	35.00 元
格林童话全集	49.00 元	给青年的十二封信	38.00 元

书名	单价	书名	单价
古希腊悲剧喜剧集（上、下）	118.00 元	海底两万里	38.00 元
红楼梦	69.00 元	红与黑	49.00 元
呼兰河传	35.00 元	呼啸山庄	39.00 元
基督山伯爵（上、下）	108.00 元	纪伯伦散文诗经典	42.00 元
寂静的春天	35.00 元	假如给我三天光明	32.00 元
简·爱	39.00 元	金银岛	35.00 元
经典常谈	29.00 元	荆棘鸟	45.00 元
静静的顿河	128.00 元	镜花缘	49.00 元
局外人·鼠疫	38.00 元	菊与刀	35.00 元
克雷洛夫寓言	32.00 元	宽容	32.00 元
昆虫记	39.00 元	老人与海	32.00 元
理想国	45.00 元	聊斋志异	55.00 元
列那狐的故事	39.00 元	猎人笔记	38.00 元
林肯传	39.00 元	鲁滨逊漂流记	39.00 元
鲁迅杂文选集	36.00 元	绿山墙的安妮	36.00 元
罗马神话	16.80 元	罗生门	39.00 元
骆驼祥子	32.00 元	美丽新世界	35.00 元
名人传	39.00 元	拿破仑传	49.00 元
呐喊	29.00 元	牛虻	38.00 元
欧·亨利短篇小说选	36.00 元	欧也妮·葛朗台	32.00 元
彷徨	32.00 元	培根随笔全集	38.00 元
飘（上、下）	88.00 元	普希金诗选	42.00 元
骑鹅旅行记	36.00 元	乞力马扎罗的雪	39.80 元
热爱生命·海狼	38.00 元	人间草木：汪曾祺散文精选	49.00 元

书名	单价	书名	单价
人类群星闪耀时	36.00 元	人性的弱点	39.00 元
日瓦戈医生	68.00 元	儒林外史	42.00 元
三个火枪手	59.00 元	三国演义	59.00 元
沙乡年鉴	42.00 元	莎士比亚喜剧悲剧集	49.00 元
少年维特的烦恼	28.00 元	神秘岛	48.00 元
神曲（共三册）	128.00 元	十日谈	68.00 元
世说新语（上、下）	89.00 元	双城记	45.00 元
水浒传	69.00 元	四世同堂（上、下）	78.00 元
苔丝	39.00 元	谈美	35.00 元
谈美书简	36.00 元	汤姆·索亚历险记	32.00 元
汤姆叔叔的小屋	45.00 元	唐诗三百首	39.00 元
堂吉诃德	78.00 元	天方夜谭	42.00 元
童年	38.00 元	童年·在人间·我的大学	49.00 元
瓦尔登湖	36.00 元	我是猫	39.00 元
乌合之众	35.00 元	物种起源	42.00 元
雾都孤儿	44.00 元	西顿野生动物故事集	38.00 元
西游记	62.00 元	希腊古典神话	49.00 元
乡土中国	36.00 元	小妇人	45.00 元
小王子	29.00 元	星星离我们有多远	35.00 元
喧哗与骚动	58.00 元	羊脂球	38.00 元
一九八四	36.00 元	一间自己的房间	36.00 元
伊利亚特	82.00 元	伊索寓言：555 则	36.00 元
尤利西斯	58.00 元	约翰·克利斯朵夫（上、下）	98.00 元
月亮和六便士	45.00 元	战争与和平（上、下）	108.00 元

书名	单价	书名	单价
朝花夕拾	22.00 元	中国民间故事	39.00 元
子夜	49.00 元	最后一课	36.00 元
罪与罚	66.00 元